竹内章郎・藤谷 秀

哲学する〈父《わたし》〉たちの語らい
ダウン症・自閉症の〈娘《あなた》〉との暮らし

生活思想社

もくじ

竹内章郎→𝒯　藤谷　秀→ℱ

障がいが重度でも軽度でも……――はじめに

藤谷さんと竹内が、障がいのある娘との日常を語り合い始めたのが5年前。それから、藤谷さんには本当に啓発され、また楽しい語らいの場をつくってもらってきました。こうした縁のあったこと、とてもありがたいと心から思っています。

けれども、残念ながら、二人がいつごろ知り合いになったのかについては、定かな記憶はありません。

ほぼ同年代であり、また大学・大学院は違いましたが二人とも、哲学・倫理学・思想といった辺りを専攻していた共通性があり、大学院に入りたての1978～80年ごろに「若手哲学者ゼミナール」(現・哲学若手研究者フォーラム)で、史的唯物論《ゆいぶつろん》や実践的唯物論、科学性と政治性との関連などについて議論している場で出会ったのが最初だったと思います。しかし、同じ哲学系でも、研究対象は違っていましたから、出会って以降も研究会などで同席することはほとんどありませんでした。

それでも、二人とも昔から今もずっと所属している唯物論研究協会(略称・全国唯研)の大きなテーマでの議論の場では何度も顔を合わせ、徐々に親交を深めていったように思います。

竹内は障がい児者の父となって4年後には、障がいや能力を巡る問題を論文化し、90年に入ってからは研究者仲間にも、生まれた娘がダウン症であることを公表して、障がい者のための作業所の社会福祉法人化運動への助力を求めたりしていました。

当時、哲学系の研究者で障がい者の親でもある人は幾人かいましたが、子どもに障がいがあることを公にする人は少なかったように思います。しかし、障がい児者の問題は、能力主義や差別について哲学的に深めるうえで、また日常生活と理論をつなげるうえで、とても大切な問題だと思った当時の記憶が竹内にはあります。

そんな研究者仲間としての藤谷さんとの障がい児者をめぐる話題の接点は、本書を刊行した生活思想社の五十嵐さんです。彼女は、以前、唯物論研究協会の機関誌刊行にかかわっていたこともあり、私たちは別々にではありますが、生活思想社刊行の本にかかわりました。そのなかで、偶然にも藤谷さんの娘さんが自閉症と診断されていると知ることになります。

そのとき、竹内に語ってくれた「障がいが重度の場合も大変だけど、軽度は軽度で大変なところも多く悩みもまた深い場合がある」、という藤谷さんのとても鋭く、また含蓄のある言葉は、障がいを巡る一つの重要なキーとなり、つねに底流にある問題として、本書でも取り上げています。

生活の多くの場面に出てくるこの問題は、二人にとって本書を刊行する直接のきっかけとなった論点でもあり、とくに竹内にとっては、障がいや障がい者の問題、さらには福祉やケアの問題をより深く考えさせてくれたひじょうに大切な話でした。

また全国唯研が、論壇では無視されがちだけれども、生活者にかかわる深刻な問題や時代状況に切り込む、社会的で政治的な議論を学問的に扱ってきたことも、本書に結実する議論を二人が交わす大きな要因になったように感じています。

私たちは哲学研究者の端くれではありますが、ここでこむずかしい話をしているわけではありません。それぞれの生活のなかでの「楽しさ」「困ったな」といった思いを語り合い、新たな視点や考えを得ることで、語り合う必要性、そして当然ながら、日々ただ大変なだけではない、喜びに満ちた生活を送っているのだなぁ、ということを私たち自身が再確認することにもなったのです。

それだけでなく、これは当たり前なのですが、障がいがある・なしにかかわらず、親が思い・考えるであろう「子育て」「親子」のかかわりについても直視する場となりました。そういった意味で、子育てにかかわる人たち・教育や福祉の現場、そして当事者である「子ども」にも読んでいただける本になったのではないかと思っています。

ただ、不平等や格差がどんどん大きくなっているいま、私たちの語りは、あるていど「余裕のある」父親の子育て論議でしかないと思われるかもしれません。しかし、困難を倍増させるような格差と不平等を克服したいという多くの方々の思いは、藤谷さんと竹内にも共通していますし、そのことはこの本からも垣間見られるはずだと考えています。
　この本を手にとってくださった皆さんに、障がい児者を子どもにもつ親の日常のさまざまな思いと、ときにある困難の乗り越え方が伝わることを願っています。

２０１３年８月

竹内章郎

＊本書では、制度上の用語は「障害」を使っていますが、そのほかは「障がい」と表記しています。
＊登場する人たちや団体などは一部仮名です。

語らう父たち

＊藤谷　秀（ふじたに　しゅう）＊

1956年生まれ。大学の教員。現代思想やドイツ哲学の研究をふまえて、人と人のかかわりの基礎を考える倫理学的な研究が専門。福祉や看護を学ぶ学生に哲学を教えている。50年来のプロ野球球団阪神タイガースの大ファン。

＊竹内章郎（たけうち　あきろう）＊

1954年生まれ。大学の教員。ヘーゲルなどの研究をしていたが、ダウン症児の誕生もあり障がい者問題と能力主義、平等論へとシフト。「能力の共同性」概念を生み出す。趣味はソフトテニスとマリンバだが、ほとんどできない日々。

イベント大好きな29歳。自閉症の特徴といわれる繰り返し行動に悩まされるも、今はiPodにお気に入りの歌をダウンロードして（もらって）、たくさんの荷物を抱えて友だちがいる施設へ通う。人とかかわるのも大好きで、プレゼントしたり・されたりすることを楽しみにしている。

目下の悩みはお小遣いが少なくて、好きなものを自由に買えないこと…かな？

＊藤谷加奈＊（ふじたに　かな）

ダウン症者。現在32歳。身長140センチ・体重43キロと見かけは小学4年生。歩くことはできるが、散歩は苦手。日常的に必要な生活のやりとりは何とかできる（ただし、イヤなことはテコでも動かない）が、「通常の」コミュニケーションはほとんどできず、日常生活にはほぼ「全介助」が必要。食べること、とくに肉類が大好き。キティのハンカチと松任谷由実の音楽、ディズニーのDVDも大好き。目下の課題はダイエット（親談）。

＊竹内　愛（たけうち　あい）＊

主役の娘たち

第1章

娘の誕生

この子にとって何が幸せになるのか
――試行錯誤しながら療育・保育園へ

▼竹内　章郎

告知は父である僕だけに

１９８１年、夫婦ともに26歳で、僕が大学院博士課程１年を終わろうとしていた２月７日午前10時前、待望の第一子の女児、愛が誕生しました。あとから気が付いたのですが、国際障害者年10年の始まりの年でした。

誕生直後に、産婦人科の待合室で待機していた僕だけに、ダウン症候群という知恵遅れが主な先天性障害（遺伝ではない）をもっており、心臓に穴もあいていることが、産婦人科から伝えられました。それは、母親とは別室で看護されていた我が子が、手も握らず手足も伸びきった筋緊張の弱い状態を見せられながらの――健常児なら拳をつくり手足を曲げている状態――、また「これもダウンの特徴ですよ」と言われながらのことでした。

ダウン症の知識を読みあさる

ダウン症については、ハトコなどにもダウン症者がいて、その話も少しは聞いていたし、また母の親友の子で僕と同い年の知的障がいをもつ子と接した記憶もかなり残っていました。しかしダウン症や知恵遅れについての知識は若干で漠然としたものだったので、誕生したその日からすぐに、産院近くの本屋と市民図書館でダウン症について調べまくりました。

この産婦人科の女医には、「こうした子どもを授かったことは、貴方のような恵まれた家族の人は、運命として受けとめて育てることは天命だと思ってください。ともかくダウンは短命なのだし、そのときまで頑張ることが大切ですよ」といったことを、諭すように言われたのです。

こんな言葉に、「何となくしっくりしない」気持ちになりながらも、他面では「なるほど」と思ったような記憶もあります。

「やはり障がい児だったか」、という思いも、なぜか分かりませんが、あったように思います。

と同時に、よく親の手記などに見られるような、「この子を殺して自分も死のう」などという気持ちは、いっさい生じなかったと思います。

流れていく複雑な感情と「理論」

「治療不可能な染色体異常の障がい」、「知恵遅れ」、「心臓、筋肉、頸椎等骨等々の合併症」……。

子育ては楽しみだと思っていた気持ちが、何かしら「仕方なく子育てをしなくてはならないのか？」といった一種の強迫観念的感情に、やや涙ぐむ感じも伴って、変わったように思います。けれども同時に、そうした感情を含めて、どうやったらそうした「苦境」を克服できるか、といったことばかりをすぐに考え始めていたようにも思うのです。

そしてまた、障がい児の愛を授かったことを「苦境」と感じてしまうこと自体に潜む問題が何であるのか、ということが、その後、障がいや病気や健康や生命倫理、さらには平等論を勉強するさいには大きな意味をもったようにも思っています。

そんな「苦境」の克服に向かおうとする、一種の「強気」というか「すべき論」というか「ガンバリ」を僕に可能にしたものは、何であったのか？　いまだによく分かりませんが……。

超進学高校に通いながら、まともな勉強などはやらず、自己流の生活・勉強はしつつも軟式テニスに明け暮れ、技量はなくともテニスの強豪校の高校生に試合で勝つために（高校の県大会の準決勝までいったこともありました）、本当に必死になったことが、へんな「ガンバリ」につながったのではないか、という思いは今でもありますが——。

りっぱなダウン症の子に育てる！——妻への告知

妻には、愛の誕生後すぐに、「心臓が少し悪いから、しばらく入院して治療する必要があるので、他の赤ちゃんとは違って、母親とは別室にいるのだ」、とだけ話しました。

そのように話したのは、ダウン症のことは産後のヒダチのこともあるからという理由で、そうしたことだけを話すようにと、産婦人科医から言われたからでもありましたが、同時に、僕なりの子育てへの「責任感」のようなものもあって、そのように話した記憶もあります。

1週間後くらいで妻は退院し、その後は、冷凍した母乳——搾乳器で搾り出した母乳はそのままにしておくとすぐに腐るので家庭の冷凍庫で冷凍した——を入院中の長女に届けるため、僕が、毎日朝夕2回、バスで20分くらいの妻の実家と病院のあいだを往復していました。なお長女は心臓の問題があったので、誕生後、すぐに産まれた産婦人科医院から岐阜大学の付属病院に転院しました。

あごの力が弱く、当初は乳首を吸うことがまったくできなかったため、母乳を解凍して、鼻から胃まで入れたカテーテルでの栄養補給が1歳を超えるころまで続くことになりました。こうした経験は、お乳を吸うという本能として「当たり前のこと」ができないことが、知的障がいに直結している点について考えさせられました。と同時に、当初、毎日病院に通い、子育てへの不安と自己叱咤といった葛藤のなかで、ガラス越しに我が子を「見続けたこと」は、強迫的感情を上回って、何かしらの我が子への愛着になっていくような気持ちの変化にもつながったと思います。

心臓の穴が、単純な心室中核欠損なのか、心内膜症なのかなどの診断がつかない状態でしたが、手術するにしても早くて1~2歳になってからにはなるという医師の判断もあり、誕生後ほぼ1か月して、愛はようやく退院することができました。

その直前に、妻には、実家近くの誰もいない児童公園のブランコを揺らせながら、かなり時

間をかけて、「ダウン症とこれに伴う知恵遅れ」などについて、僕一人で説明しました。妻は泣きながらでしたが、「やっぱり。心臓だけでなく何かあると思ってたけど。ダウンでも立派なダウン症の子に育てる！」と宣言したことは、今でも鮮明に覚えています。

たくさんのことを考えた愛の「授乳」ケア

1か月弱、妻の実家で生活したあと、新学期にあわせて、結婚以来3年ほど住んでいた埼玉県志木市のアパートに帰ってきました。

愛が1歳になるまで、徐々に乳首を吸わせるようにはしていましたが、それでも健常児のようには乳が吸えず十分な経口栄養とはいきませんでした。ですから、搾乳器から絞った母乳を注射器からカテーテルを通して愛の胃まで入れることが続いていたのですが、こうした経験を続けたことは、僕にとっては大きな意味をもっていたように思います。

吸う力のあまりの弱さはどれくらい重い知的障がいと関係しているのだろうか？　カテーテルからの授乳に頼りながら乳首を力無く扱う愛を見ながら、もっと丁寧な子育てをすべきではないか？　普通の経口からの食事ができないなら、今後の日常生活はどれほど大変なことになるのだろうか？　などなど、たくさんのことを考えた記憶があります。

また、カテーテルの洗浄に1週間に一度、病院に通い、そのたびにカテーテルの入れ替えをやっていたのですが、こんなこともありました。下手な医師がカテーテルを愛の喉から胃まで挿入しようとしたさいに、カテーテルが喉に詰まったまま放置されて、呼吸困難になってしまったのです。しかもそんな危険な状態を解消してくれたのが、当該の医師ではなく優秀な看護師で、看護師のほうがカテーテル挿入は医師よりはるかに巧かったのです。こんなカテーテル操作といったことからも、考えさせられました。【42ページ参照】

「当たり前」な妻の退職

予約していた保育所に入ることが、ミルクが飲めないことや心臓の問題があって無理だったこともあり、妻は総合職として勤めていた日本長期信用銀行を退職して子育てを主にすることになります。そのさい、「自明な自然なこと」のように、妻が仕事を辞めることになったのかどうか、怪しいところがあったと思います。

確かに妻本人が、早々に退職の意思を明らかにしはしたのですが、そこには、暗黙の「女は子育て」という「常識」を、これへの疑問をもちつつも、「作動させていた」僕自身もいたように思うからです。

総合職でそれなりの給料を得ていた妻が退職したため、その後は、義父母や両親の物心両面の援助はありましたが、生活自体の維持のために相当苦しむことになります。が、それはまたあとで……。

双方の親たちに助けられて

愛の誕生直後は、義父母や両親を含む親族から、「そんな障がいがあるのなら、無理に助けてもらわなくとも……」、「お人形さんのようにして育てるしかない……」、「あんたがしっかりしなくては」など、さまざまなことを言われましたが、僕としては、「何としてでも頑張ってやる」、という気持ちが強くなっていったと思います。

そして、実際に愛を育てることが始まってからは、僕らの子育てをそのまま温かく支援してくれた義父母や両親からの物心両面での援助には、本当に助けられました。

義母と母は、障がい者についての理解を深めようと、お互い誘い合って、当時公開されていた映画『典子は、今』というサリドマイド薬害で障がいがある女性を描いた映画を見に行ったり、僕たち夫婦ともに外出するときは、愛をよくみていてくれました。

妻は、案外マイペースというか、元来がおっとりした性格で、「明日は明日の風がふく」風の発想をもっていましたから、僕が焦ったりしゃかりきになることと、妻のそうした雰囲気とは、愛の子育てにおいてはバランスがよかったのかなあ、と今から思えば思えます。

ダウン症の親の会へ——愛おしさと「務め」がふくらんで

妻の実家にいるあいだに、名古屋のダウン症の親の会に連絡し、責任者の女性に会いにいっていろいろ教えてもらいました。いちばん印象に残っていることは、当時のダウン症の専門誌にも書かれており、先に愛を取り上げた産婦人科医も言っていたのとは違い、「ダウンの人も、60〜70歳まで十分に豊かな人生を生きられる」、ということでした。くわえて「お父さんが、最初にこうした親の会に相談に来てくれて嬉しい」とも言われたことです。

当初、「短命なら、そのときまで頑張ろう」という気持ちもかなりあった気がしますが、誕生後2か月くらいからは、そんな気持ちよりも、けっこう日に日に可愛く見えてくる我が子——もっとも、頑張っても「知恵遅れは治らない我が子でしかないのか」、という可愛さを打ち消す気持ちとせめぎあいながらだったと思うのですが——への、愛情というか愛おしさというか、そういった気持ちとあいまって、愛を「守っての生活」は自分たち一生の「仕事」というか「務め」というか、そんな気分が強くなっていったと思います。

日常が豊かになることの発見

1歳ごろになるまではまた、この子にとって何が幸せになるのか、ということも思いつづけていたように思います。

あとでも話すように、愛は2歳を超えて以降、口からの食事が完全にできるようになっただけでなく、胃腸など消化器官系がひじょうに丈夫であることも分かってきました。だからたくさん食べるだけでなく、「食べることの楽しみ」を本当に全身で表現するようになりましたが、そうしたことは、僕ら夫婦にとっての恵みでもありました。

衣食住のもっとも単純な次元に生活全体を豊かにするきっかけがあり、食なら食を豊かにすることに、とても深い意味があることを、今にいたるも愛との日々の生活で実感させられています。

この食の豊かさは、けっしてご馳走かどうかという意味ではなく、好物をいそいそとほお張ったり、好物への要求を全身で表現するさいの笑顔や、愛が苦手で自分からはめったに食べない野菜類を、僕たちの箸で口元に運ぶと、何とも言えない表情で愛がそれらを口にすること等々を含む、食卓を囲む状況全体が示すことなのですが……。

呼吸が止まった！――そのときに何を思ったか

しかし、そんな食の楽しみを実感する前、１歳すぎに大事件がありました。直接の原因は不明ですが、風邪のような症状から心臓が弱り、一時呼吸が数十秒は停止する重病にかかりました。しかし板橋の病院に入院して、医師の判断もよく、順調に回復はしました。

このとき、心臓の手術の話も出ましたが、体力回復を待ってからでよい、ということになりました。ところがその後心臓の穴は徐々に小さくなってゆき、手術の必要もなくなりました。

「呼吸が停止した」、と知らされたときに僕が明確に何を思ったのか、今ではほとんど覚えていないのですが、回復して愛の笑顔を見たとき、その笑顔だけで本当に嬉しい気持ちになったと同時に、直前の自分の気持ちが回復を本当に願っていたか、と自問自答したような記憶もあります。

このまま亡くなるのか？　亡くなれば？

といった感情、今からでは整理しきれない何かしらの感情が働いていたことは確実だと思います。

この感情とつながっていたとも思うのですが、乳幼児の子育て期間の最初にしては、僕たち夫婦の愛へのかかわりのなかで、話しかけたりする言語的コミュニケーションが少ない期間が長かったようにも思います。そのためではないかと、今でも反省しきりなのですが、愛には知的障がいだけでなく、若干は自閉気味なところがあるように思うのです。

妻とともに療育に通う——何かしてあげなければ不安になる

呼吸が止まるほどの病気が落ち着いてすぐに、障がい児乳幼児医療の無料化が進んでいる東京都三鷹市に転居。そのころから、1週間に一度、はと笛リズム教室という、障がい乳幼児の訓練・養育を、自宅を開放してやってくれていた東京・狛江市の教室に、母子／父子で通いました。教室を主宰されていた方は、高橋八代江さんという養護教員も経験された方で、今もお元気でこの教室を続けられています。

また1か月に一度、ダウン症児に詳しい小児科医がいて、定期健診にも通っていた杏林大学病院の一室を使って、山口薫氏（東京学芸大学名誉教授）中心のグループが主催し、NHKの障がい者番組ともタイアップしていたダウン症児の早期療育の会にも参加。

両方とも、三鷹市の知的障がい児の統合保育を実施していた保育園に、愛が通うまでつづきました。

こうした乳幼児時代の愛の療育には、僕が付き添ったこともありましたが、妻が付き添って母子が教室に行っているあいだは、車で送り迎えをする僕は、教室の近くのファミリーレストランなどで、百円コーヒー一杯で数時間ねばって勉強して過ごしていました。

こうしたいくつかの療育に通ったのは、親の安心のためという点が大きかったように思います。何かしてあげてなければ不安になる、といった心境だったように思うのです。

愛はダウン症候群だといっても、ひじょうに重いタイプでした。ですから、1歳ていどのときは同じ療育に通っていた他のダウンの子どもたちとさほど「発達」の違いは目立たなかったのですが、それ以降はグーンと差が開きました。

求められた順調な「発達」

「面白かった」のは、1歳くらいのときには、NHKの障がい児番組に愛も写されていたのですが、あまり「発達」がよくない愛は、2~3歳のころの番組からは外されていたことでした。療育のなかにもやはり、順調な「発達」がなくてはならない、ということがあったのでしょう。このことはまた、今までの療育理論が、極めて不十分なものだということを示していることにもなるでしょう。

なぜなら、今までの理論は愛のような重度のダウン症児の「発達」を捉えきれておらず、療育教室で療育できるほどパターン化されていなかったと思われるからです。ですから、こうした療育は、愛の「発達」によかったというよりも、愛も含めた僕たちの生活のリズムができていったことに意味があったように感じています。

3歳で歩き始める

愛が本当に歩き始めたのは、もう大方3歳になりかけのころでしたから、「歩けるようになるのだろうか？」ということは、本当に心配でした。

乳児のときからハイハイはまったくしなかったのも心配でしたが、足をほとんど使わず手＝腕の力に頼るほふく前進で少しずつ動くことはできるようになっていきました。そして結局は、まったくハイハイはしないまま、摑まり立ちから歩行器で歩けるようになっていったのです。

しかし、歩けるようになるまで、小さかったせいもあり、「歩けなかったら、それはそれでしょうがない、抱っこすればいい」と思ったり、「やはり、どうしても歩いてほしい」と思ったりと、僕ら夫婦の心境は相当に複雑でしたが。

ダウン症の子どもをもつ父たちと語り合う——こやぎの会への参加

いちばん最初に愛のことで相談した、愛知の方の勧めもあって、誕生後すぐに、今は玉井邦夫さんたちの努力もあって「公益財団法人日本ダウン症協会」という大組織になっている会の前身である「こやぎの会」（小さいながらも当時すでに全国組織でした）に入りました。

当時もダウン症候群自体を治療しよう、といった発想の会もありましたが、そうした発想にかなり疑問をもち、また染色体自体に手を入れようとすることは今後当分のあいだは不可能に近いとも思い、そうした会には入りませんでした。

「こやぎの会」は、ダウン症児の乳幼児からの療育を重視しており、またダウン症児者の社会的受入れ（受容）のための活動にも力を入れようとしていました。そしてこの「こやぎの会」では、ちょうど愛が生まれたころから、1か月に1度ほど、当時この会の世話人をされていた方が所有していた小さな新宿の家屋で、父親だけの集まりをもっていました。

この父親たちの集まりに参加していたダウン症の子どもの年齢は、成人している人から僕の場合のように誕生直後の乳児までさまざまで、また父親の年齢もさまざまでした。ここに僕も参加させてもらい、育児や家族関係や近所づきあい、さらには職場で自分のダウン症の子ども

父親たちの集まり

のことを打ち明けるかどうか等々の悩みや考えていることを、話し合いました。

「夫婦いっしょに障がい児の子育てをやっているつもりだが、仕事に逃げることがあるなぁ。女房に悪いと思いつつ」、「どうしても他所の健常児との違いが目についてしまうなぁ」とか、「外にいっしょに出かけるときは、やはり身構えてしまうところがあるなぁ」といったことは、共通の話題になっていたように思います。

僕にとっては、先輩父親の「少し余裕のある雰囲気」がとてもありがたかったような記憶がありますし、長じたダウン症児とともに「普通の家族生活」を皆さんがおくっていることを聞いて、ひじょうに心強くなった思いもありました。

あとでも書いている「この子全体が障がい者であるのではない、この子は障がいを持っているだけだ」という話、つまり、僕が障がいの問題や能力の問題について、かなり深く考えるきっかけとなった話を初めて聞いたのも、この会でのある父親からでした。

こうした、「話し合い」といっても愚痴になったり、自分たちのシンドさを打ち明けたりといったことが多かったのですが、その話のなかで、母親依存の子育てを互いに反省したり、家庭ごとに異なる子育てや兄弟とのかかわりなどをお互いに学びもしました。愚痴を言い合うこと自身も、大変よかったのではないかと思っています。

お酒が入っての話になることもしばしばで、ダウン症児の父親という点での同じ境遇の者同士の集まりという気楽さもあって、人間関係の広がりという点でも、今から考えてもとても有意義でした。

そのなかの二人とは、僕が岐阜に転居してからも、今でも年賀状などのやりとりがあり、お互いの子どもの近況などを伝えあっています。

快く受け入れてくれた保育園――ともに動けなくてもみんなと「いっしょ」

当時から三鷹市は障がい児者への取組みは進んでいたようで、市立保育園での統合保育は、親の僕らの心配などまったく無関係に、愛を本当に快く受け入れてくれました。

健常児との「発達」の差はすでにかなりはっきりしていましたが、それでも、今ほどの「開き」はなかったためでしょうが、お遊戯の輪に入ったり、砂場で砂いじりをしたりなど、ときには、本当にみんなに混じって本人も楽しんでいたように思います。

お遊戯会では、愛自身はみんなに合わせて動くことはすでにできなかったのですが、動けない愛を中心に他の園児たちがソデに引いたり中央に集まるような動きをしてくれて、そのなかにいる愛があまり不自然ではなく、お遊戯全体としてはまとまっているような雰囲気すら感じたこともありました（このころは、まだ集団の騒がしさが苦手だという感じは愛にはなかったように思います）。

また、二人くらいの園児はとくに愛に興味をもつというかチョッカイを出してくれ、そのことも愛自身にとってはもちろん、見ている親の僕らにとっても、「普通の」子ども同士のかかわり合いだったように思えるものでした。そのときも確かめなかったのですが、障がい児保育について相当な経験がある保育士さんが、この保育園にはいたのだと思います。

この保育園時代の様子の多くは、妻の「証言」に頼ったものです。このあたりの愛の様子について、僕には妻ほどの明確な記憶がないのですが、それは毎日の生活そのものを支えることに、定職を得ていなかった僕が必死だったためではないかと思っています。

こんなことを言うと、「私はのほほんとしていたようじゃない！」と言い返す妻との「論争」になるのですが……。

中学途中で心障学級へ転校
――おとなしかった乳児期から少しずつ戸惑いが

▼藤谷　秀

大学院生時代に5人家族に

竹内さんの長女、愛さん誕生のころのことを初めてうかがって、とても竹内さんらしいなと思いました。育てていかなければいけないという責任感、しかしそれでいいのかという葛藤、とはいえ子どもはやっぱり愛おしいと思う気持ちなどなど（共感するところが多々あります）、そんな自分自身を一方で観想（これ哲学用語 theoria の日本語訳、物事の本質をあるがままに観るという意味で、観照とも）しつつ、すべきことを行動に移し、さらには研究にまで発展させているところは、「さすが竹内さんだなぁ！」。

同時に、愛さんが生まれたちょうどそのころの、自分自身のことがとても懐かしく思い出されます。

☆☆☆

当時、私も大学院生でした。結婚2年目の1981年の10月に、第一子（長男）が生まれました。1984年7月に、第二子（長女）、私たちの話の「主役（?）」である加奈が生まれます。そして、1986年5月には、第三子（二女）に恵まれました。気がついてみれば、大学院生をやっているあいだに、5人家族になっていたわけです。

妻はフルタイムで働き、私はバイトで、子どもたちは保育園にお世話になりながら（所得階層が最下位だったので保育料は0円）、何とかかんとか生活していました。今ふりかえると、貧乏だったし、何て無展望・無計画な生活だったんだと反省もするのですが、のんびり屋の私にとっては、研究と子育てのじつに楽しい時代でした。

さて、加奈です。

彼女は、本当に手のかからない赤ん坊でした。生後8か月は、妻は仕事なので、だいたい私が家で世話をしていました。ミルクを与え、少しあやしてやると、すぐにすやすやと寝つき、ぐずることもほとんどなかったように思います。寝ているあいだ、私は研究に没頭することができました。そして、翌年の4月から保育園に預けました。父親が学生でも、母親が働いていれば、比較的簡単に受け入れられたのですね。

そう言えば、同じ年頃の子を預けていたお母さんから、夫は働いて自分は大学院生であるために、入園させてもらうのがとても大変だったという話を聞きました。育児は母親が中心で、父親はつけ足しだったわけです。

ちょっと戸惑った保育園生活

加奈にちょっとした異変が起こったのは、妹が生まれたころです。

当時3歳くらいでしたが、保育園に行っても、何かに脅えるように一日中泣いていることがありました。そんなときは、保育士さんがずっと抱いていてくれて、少し落ち着くようでした(今でもありがたく思い出されます)。まだ幼いのに妹が生まれたことが原因で、退行現象の一種なんだろうと、当時は考えていました。

やがてそれも収まったのですが、保育園が変わって年長になったとき、再び退行現象のようなことが起こりました。保育園に行きたがらない、行っても部屋の片隅に引きこもったようになる、散歩のときも一人だけ乳母車に乗せてもらう、といった具合です。

原因は思い当たらず戸惑うばかりでしたが、保育園も根気よく接してくれ、保育園を休んだときは私や妻が一対一でのんびり過ごしたりして、何とか危機を脱しました。

体や知的能力や言葉の発達という点では、周りの子どもたちより少し遅れ気味かなと思うていどで、心配もしませんでしたし、まして「障がい」という言葉はまったく頭に浮かびませんでした。

家族を残してドイツへ留学

加奈が小学校4年生になった5月、引っ越しにともなって転校しました。この年、私が「文部省在外研究員」（当時）としてドイツに行くことになったため、翌年の3月までは妻と子どもたちだけで生活することになりました。

このころの加奈はときどき、思いどおりにいかないことがあるとちょっとしたパニックを起こして、大声でわめいたりすることもありましたが、「わがままが出たのだろう」くらいにしか思っていませんでした。

ささいなエピソードですが、夏休み家族でドイツ旅行していたときのことです。レストランで給仕の女性が加奈のために料理を取り分けると、突然加奈はわめき始めたのです。自分でやろうとしていたことを他人にされてしまって、パニックに陥ったようでした。その女性が、パ

※今はこんな乗り方は禁止。

ニックの原因をすぐに理解したようで、謝ってやり直したことに、妙に感心した覚えがあります。

あとで分かったことですが、これは自閉症の特徴だそうです。自分でこうしようと思い描いていたことが、そのとおりにいかないと、どうしていいかわからずパニックになってしまうのです。

ですが、そんなことも当時の私は、子どものささいな癇癪《かんしゃく》くらいにしか考えていませんでした。ですから、留守中のこともあまり心配せず、実際とくに大きな問題も起こらず、私はドイツ留学を終えて戻ってきました。

漢字の読み書きはできるのに数が扱えない

このころまでに、少し気がかりなことはありました。

毎学期、学校からもらってくる通知表に、芳しくない成績が並んでいたことです。とくに、数を扱うことが極端に苦手でした。足し算や引き算も、両手の指10本で数えられる範囲であれば何とかなっていましたが、繰り上がりとか繰り下がりとなると、それこそお手上げでした。

また、アナログ時計を読むこともサッパリでした。時計から今何時何分なのかを読み取ること、まして何時何分までには何時間何分かかるのかを理解することなど、加奈にとっては相対性理論を会得するに等しいことだったようです。

子どもの学校の成績にあまり関心がなかった私としても（これはこれで問題だったと反省していますが）、さすがに加奈が将来の生活で困るだろうと、あの手この手で算数を教えてみました。しかし、いっこうに加奈の理解に進歩は見られません。ただ、どうしたものかと思案しつつも、それほど深刻に考えていませんでした。

というのも、漢字の読み書きはまずまずできていたので、算数もそのうちできるようになるだろうと思い込んでいたからです——今にして思えば、国語の問題のなかでも、「主人公の気持ちはどうだったでしょう」といった類の問いに戸惑っていた加奈だったのですが。

ほとんど理解し難い授業を聞いていなくてはならない加奈にとっては、学校生活は苦行そのものだったでしょう。その意味で、学校の勉強で加奈は何が分からなくて困っているのか、もっと気にかけておけばよかったと、今さらながらに反省しています。

そして勉強面とともに、あるいはそれ以上に、人との、クラスメイトとのつき合い難さを見過ごしていたことも。こんな生活にいつまでも耐えられるわけはありませんね。

ついに加奈の忍耐は限度を越えることになります。

教室にいられなくなって

明らかな「異変」は、小学校5年生ころから起こり始めました。教室の窓際に立って飛び下りるような行動をする、机やいすを蹴飛ばす、学校から抜け出してしまう、といった具合です。学校からの連絡を受け、何度か妻が駆けつけ（私よりは妻のほうが職場からの時間がかからないので）、担任の先生とも話し合いました。

転校して新しい環境になじめず、クラスメイトとの関係もうまくつくれないこと。勉強の面でついていきにくくなっていること。このあたりが原因だろうということで、友だちとのかかわりについては、学校の先生も注意してくれ、私のほうでは勉強をみるようにしたり、学校での様子をなるべく聞くようにしました（このときのクラスメイトの何人かは、今でも懐かしいようで、毎年必ず年賀状を出しています。そのなかの一人とは、連絡をとりあってたまにいっしょに遊ぶこともあります）。

こうして、6年生のころには少し落ち着いたものの、中学校での生活にたいする不安がどこかにありました。

そして、その不安は現実のものとなります。

中学校に入ってしばらくして、大きな事件が起こりました。何がきっかけだったのか思い出せないのですが、教室で暴れ出し、いすを級友や先生に投げつけたのです。いわゆる「問題行動」はしょっちゅうあったようですが、この事件が決定的となって、学校から呼び出されました。

そこで、学年主任の先生から、今の学校では加奈の問題に対応できない、別の中学にある「心障学級」に行ったほうが加奈のためにはよいのではないか、と言われました。お話を聞きながら、いろいろな思いがよぎりました。

そして、最終的にこの助言を受け入れ、「心障学級」のある中学校に転校させることにしたのです。

ここを話したい 1 by 竹内章郎

医療と福祉の上下意識

医療上、医師と看護師とは、本来、完全な対等平等な分業関係にあるべきでしょうが、保健師助産師看護師法上だけのことではなく、世間一般でも看護師は医師の補助者で医師が「主」で看護師が「従」とされがちです。

20ページのカテーテル挿入の話から明らかなように、本来、医師と看護師とは「上下」や「主従」関係にあってはならないことになるのではないでしょうか。

しかもそんな上下・主従関係は、医療の世界に限ったことではありません。

医療分野と福祉分野の関係も、多くの場合、医療が「上」で福祉が「下」、といった常識にもなりがちな捉え方や感覚があります。

看護職が「上」で福祉職やヘルパー職が「下」ということになりがちだと思います。実際にも給与は看護職のほうが介護職よりはるかに高いのです。

こうした、医療の内部にも、また医療と福祉とのあいだにもあるような上下・主従関係が、障がい者への本当のケアや真の障がい者福祉に悪影響を与えていて、福祉が医療ほどには重視されず、けっきょくは、障がい者福祉などの貧困さにつながって、福祉全般もなかなか進展しないのではないでしょうか?

第2章

障がいをどう受けとめたか

——湧き上がる自責の念

「心障学級」への転校をめぐってのいろいろな思い

▼藤谷　秀

抽象的な人生観がくずれた瞬間

このときのいろいろな思い。

真っ先に頭に浮かんだのは、加奈は「障がい者」としての人生を歩むことになるのか、ということでした。「心障学級」とは、主に知的障がいや情緒障がいのある子どもたちがいっしょになって学ぶクラスのことで、現在では「特別支援学級」と呼ばれる学級の一つです。

私が小中学校のころは、障がいをもつ子どもたちの「特殊学級」があり、たぶんに差別的な扱い（「かわいそうな子どもたちのための」という言い方も含めて）を受けていました。ですから、そういう学級があることは知っていましたし、さらに障がい者差別に対して抽象的ではありましたが批判的な考えももっていました。

それなのに、私自身の生活のなかに障がい者がいる風景を思い浮かべたことは、一度もなかったのです。そして、加奈が障がい者としての人生を歩むことになるということでまず頭に浮かんだのは、エゴイズムであることはよく分かっているのですが、自分の生活はどうなっていくのかということでした【この意味についてはあらためて】。

同時に、「加奈はこの先どんな人生を送ることになるのか」、という不安がよぎりました。というのも、加奈も含めて子どもたちはみんな、学校（高校か大学）を卒業し、就職し、結婚して家族をつくっていくのだろう……、それに応じて自分も親としての、やがては祖父としての人生を歩むことになるのだろう……。つまり、それなりに「世間並み」の人生のコースを歩んでいくのだろう、と漠然と思っていたからです。

加奈の転学は、そういう、とても標準的ではあるけれど抽象的な人生観がくずれた瞬間でした。

加奈がいちばん困っているのだ

とはいえ、障がいを、したがって障がい者としての（あるいは障がい者と生活する）人生を受け入れることには、時間が必要でした。

東京都の療育手帳『愛の手帳』(国法上の根拠はない制度ですが)[*1]の交付を受け、加奈が「正式」に「障がい者」になったのは、中学校を転校してから3年後、16歳(高校1年生)になった年(2000年)です。

加奈自身、「自分は障がい者だ」というアイデンティティをもつのにかなりの葛藤があったようです。いや、今でも葛藤は続いています(この現在進行形の問題についてはあらためて)。

というのも彼女は、身体・知的・精神障害という三障害の制度上の大枠のなかで、「軽度の知的障害」と判定されており(何回か受けた知能検査ではIQは50〜60ていど)、「健常者/障害者の境界線」に近いところにいる障がい者です。『療育手帳』発行のときの判定は、「第2種知的障害」で総合判定4度ともっとも軽い判定でした。言い換えれば、軽い障がいをもつ子どもだったのです。

ですから障がいはたいした問題ではなく、むしろ、情緒不安定、パニック、コミュニケーション上の困難など、のちに自閉症と診断されてやっと理解できるようになった問題にいちばん悩まされていたのです。

今でこそ、自閉症などの発達障がいが注目されるようになり、2004年に「発達障害者支援法」[*2]という法律も作られましたが、当時は、私も含めて自閉症に対する十分な理解があったわけではなく、もっぱら知的能力の発達という観点から、加奈の行動をみていたのでした。

親としての自責の念

こういうこともあって、加奈の転校をめぐって湧き起こったのは、自責の念でした。知能の遅れはしかたないとしても、「問題行動」の原因は私の育て方にあったのでは、という思い。もっとちゃんと勉強をみてやればよかった、周りの人と関係がつくれるようにしつけておけばよかった、甘すぎた、放任しすぎた……、いやもっとさかのぼって、乳児期の加奈がおとなしかったことをいいことに、スキンシップが足りなかったのでは……。そんな思いが駆けめぐりました。

いやその後も、加奈がトラブルを起こすたびに、責任を感じてしまうのです。

それとともに、「加奈にとって何がいちばんよいのか」という問いが、私にとって、また妻にとって、切実なテーマになりました。

「心障学級」に移ったほうが加奈にとってよい、先生のその言葉は理解できました。加奈を移したほうが学級経営にとって「よい」という判断があったことは容易に見て取れましたが、「加奈にとってよい」という先生の慮りに偽りはなかったと思います。

しかし、どうすることが加奈にとって「よい」のか、残念ながら、いまだに答えは出せていません。

倫理学を専攻し、「よい」について考えてきたはずの私にとって、「よい」とはどういうことなのかという問題が、本当に考えるべき問題となったのです。

＊1　**愛の手帳**　知的障がい（児）者にたいする支援・福祉サービスのため、都道府県、政令指定都市の独自事業として行われています。東京都療育手帳は「愛の手帳」と言い、自治体ごとに名称はまちまちです。東京都では、交通機関（鉄道、バス、航空旅客など）の利用料金や有料道路通行料金、携帯電話使用料、水道・下水道料金といった公共料金の減免などがあります。

＊2　**発達障害者支援法**　第2条で「「発達障害」とは、自閉症、アスペルガー症候群その他の広汎性発達障害、学習障害、注意欠陥多動性障害その他これに類する脳機能の障害であってその症状が通常低年齢において発現するものとして政令で定めるものをいう。」と定義されています。同法では、児童の発達障がいの早期発見と発達障がい者の支援のための施策として、保育・教育・就労・生活全般の支援を謳っています。

「障がい者の愛」が生まれた、という現実を前にして

――重なる思いと重ならない大きなこと

▼竹内　章郎

藤谷さんの前文を読み、また読み直して、もっとも考えさせられ、あらためて重い思いとなったことは、我が身および愛の場合と重なることからくる思いと、重ならないことからくる思いの二つです。

さらには、障がいの程度、重度・軽度を問題にすることについても考えさせられました。

かの二つの思いのうちの一つは、とくに、加奈さんの障がいが判明しかけて、「標準的ではあるけれど抽象的な人生観がくずれた瞬間」ということについての思いです。

二つ目の思いは、加奈さん自身の、「『自分は障がい者だ』というアイデンティティをもつのにかなりの葛藤があった」し、また「今でも葛藤は続いている」ことにかかわっての、加奈さんの「育て方」を巡る藤谷さんの「自責の念」という話についての思いです。

目の前の暮らしに専心しつづけた日々

僕の場合、愛の障がいは、彼女の誕生直後に分かったので、「障がい者」としての愛の「受容」、というよりも単なる認識——本当の「受容」にいたれているのかどうかは、じつは今も確信がないのですが——は、その誕生直後からの比較的短い時間で、事柄の成り行きとして必然的に「できてしまった」ところがあったと思います。

これが善かったかどうかは、またあとでも触れますが、藤谷さんの場合のような、加奈さんのいわゆる問題行動・学業「不振」等々という日常生活にかかわる不安がほとんどない状態で、「障がい者の愛」がうまれたことは、〈気分が楽〉なことだったのだなぁ、とあらためて感じました。

もっとも、今ではあまり覚えていませんが、その短時間のあいだには、愛と僕たち家族の今後に生活に関する抽象的な不安を巡る葛藤は多々あったはずです。

とくに、愛誕生の当時、僕は大学院の修士課程をおえて博士課程に進学して間もないころで、働いていた妻に家計を頼る生活設計で、30歳代半ばまでは暮らそうとしていたときでした。

だから、心臓に穴もあいていて、ミルクも経口では飲めない愛が保育園にも入れない、と分かったあたりで、妻は働き続けることができないこともすぐに分かったわけで、それはそれで不安で大変でした。愛を育てることへの不安に留まらず、そもそも、まともな家庭生活がやれるのかどうかすら、まったく見通しが立ってなかったのですから……。

しかし、僕ら夫婦の場合は、双方の両親から物心両面での援助にあるていど頼ることができたこともあり、将来の抽象的な不安などより、目の前の日々の暮らしと、愛との生活における日々の精神的「安定」を確かなものにすることだけに、変な言い方ですが、〈安んじて専心できた〉ように思います。

いや「専心すること以外の選択肢」が金銭的にも精神的にもなかったがゆえに、〈気分が楽〉になることができたように思うのです。

若干覚えている気分は、「やれるところまでやろう。それで駄目だったら仕方ない⇓我々家族が生きられなくなっても仕方ない」、という、一種の開き直りの気分だったのではないかと、今から振り返れば思えます。

研究者の道を諦めたら……

この開き直りの気分も、それほど単純なものではなく、僕自身が研究者の道をやめて、できるだけ早く、しかもあるていどは自分のやりたい仕事につけるようにと、ほんの数か月でしたが、翻訳者のための通信教育を受けたことも愛が1歳になるまでにありました。

しかし、研究者の道を諦めたらきっと大きな後悔をすることになり、そうした後悔は愛自身にも向いてしまい、愛と本当に楽しく暮らすことをも邪魔することになるだろう、という直観がすぐに働きました。それに日雇い労働等々の厳しさに比べれば、予備校や塾の仕事を続けながらでも、それに愛への特別児童扶養手当もあって、あるていどは生活できるという現実もありましたから、研究者の道と愛を含む家庭生活が何とかやれたわけです（もっとも、平均睡眠時間が一日、3〜4時間ていどの生活、ということだったのですが……）。

また、藤谷さんの場合のような、「障がい」ないし「障がい者」としての我が子の受け入れを巡る〈問題〉が少なかったぶん、生活自体が困難な自分の人生設計の根本のようなところに、必然的に（？）障がい問題が根付き、このことが日常生活のための努力と勉強⇓研究が、研究者としての勉強⇓研究に必然的に重なったと僕には思えるのです。

正確にはとても再現できませんが、そうした思いと、哲学研究者としての道を歩み続けたいという思いなどが、すべて合体して、その後の僕と家族の生活を大きく規定していくことになったように思います。そのぶん、妻の人生をゆがめてしまったのではないか、という思いが今でもときどき頭に浮かびます。

だから、藤谷さんの場合のような、いわば中途で障がいが分かる、ないしは中途障がいの場合の深刻さが、僕らの場合にはなかった点で、〈気分が楽だった〉のではないか、また、同じ障がい者の親だとは言っても、そうしたことを巡る違いを、互いに了解しあうことの大切さをあらためて感じました。

障がいの問題を正面にすえた哲学研究へ

当時、僕の身近にいて非常勤講師先などでお世話になった哲学研究者の子どもさんが障がい者であることは聞いていましたし、風の便りに、やはり名古屋在住の哲学研究者の先生（岐阜に僕が移ってからは親しく話もしました）のお子さんが重度の障がい者であることも聞いていました。自身の子どもに障がいがあるということや、障がいの問題を、あるていど正面にすえた哲学研究者がいても悪くはない、という思いも少しずつ僕のなかで生まれてきたように思います。

もちろん、こうした思いに加えて、障がい者問題と能力主義とのかかわりや、能力主義と近代主義との共犯、変革理論のための能力主義の克服等々といったことを、若干勉強し始めたことには、変な言い方に聞こえるかもしれませんが、いわば「愛との生活を研究上で整理しようとした」志向が含まれていたようにも思います。

ですので、それまでやっていたヘーゲルやマルクスを中心とするドイツ古典哲学研究から、あちらこちらの文献を読みあさりなどしたあげく、愛の障がいが念頭から離れないこともあり、病気・障がい、能力主義の問題から平等論にいたる研究に主軸を移すことになります。

１９８２～85年の4年間の勉強は、そうした問題にのみ没頭しました。

ただ、そもそもの僕の哲学研究は、革命論や変革論の基礎として自分が位置付けた弁証法の問題を中心においていたので、今から思えば、この変革論の中身が、障がいや病気の問題を基底においた能力主義や平等の問題に変わっただけという面もあったように思います。

乳児期の話しかけが足りなかったかも――自分にもある自責の念

愛は、小さなキティちゃん模様のハンカチ（これへのこだわりは相当なもので、今でも毎朝、１００枚はくだらないこの種のハンカチから、その日のものを念入りに「選択」している）を振りながら一人で音楽のテープを聴きながら過ごすことに、安らぎと大きな楽しみを感じているようです。

人とかかわるよりも、自分のそうした世界にヒタッテいること――もちろん、僕らによりかかりながらいっしょにボーッとテレビを見たりテープを聴くことも多いのですが——が大きな安らぎであるようなのです。ここには、彼女の自閉的な要素があり、そうなったのは、また、いまも鸚鵡《おうむ》返しの言葉以外は、ほとんど自ら普通の言語は話せないのは、2〜3歳までの小さいころの僕たち夫婦の、愛への話しかけが足りなかったのでは、という「自責の念」があります。

つまり、誕生後の2〜3年まで、僕たちに愛の「受容」に欠けていたところがあって、愛とのコミュニケーション不足となったのではないか、そのことが彼女の自閉的傾向を生んでしまったのではないか、という「自責の念」なのです。

それは、「普通の子」なら、1歳すぎからしゃべるような「ブーブー」や「マンマ」といった一語文が、愛にはまったくなかったといっていいほどなかったことと関係しているかもしれないのですが……。

愛とのコミュニケーションの程度は、年を経て愛の受容がすすむにつれて、深まり高まってきたとは思いますが、それでも、乳幼児期のコミュニケーションの欠如には、忸怩《じくじ》たるものがあります。

今でも、話しかけて、一言でも応答してくれると、本当に嬉しくなります。それは、「おしっこ出た?」という問いに、「デタョ」という一言でも嬉しいといったことなのです。

二女の作文とオーストラリアへの留学

「自責の念」といえば、愛の下の二人の子どもとのかかわりでも大きなことがあります。

二女が小学1年生のときには、すでに4年生の愛を身長・体重とも、大きく追い抜いていましたので、外見は二女が「お姉さん」のように見えていたことともかかわるのですが、愛を二女と同じ岐阜市の小学校の特殊学級に通わせたあたりから（保育園時代は市に自動的に振り分けられて別々でした）、二女が愛のことで揺れ動く日々が始まっていたようなのです。

しかし、こうした二女の様子に僕ら親は、まったく気づいていませんでした。

手をつながせて通わせたわけではないし、二女に長女の愛の世話を押し付けたようなこともないはずなのですが、それでも、二女が比較的物わかりもよく、成績もよく素直に育っていたと思い込んでいたこともあって、また僕たち親の神経が愛にいきがちだったため、二女には、無意識のうちに抱え込んでしまった負担があったようなのです。

相当あとになって気づいたり分かったことなのですが、小学校中学年以降、二女は友だちを我が家に連れてきたことはまったくと言っていいほどなく、通っていた塾での兄弟姉妹に関する作文では、弟との二人兄弟である、という作文すら書いていたのです。

そうした生活がつもりつもったのか、二女は、日本の高校2年時からは家を出て、オーストラリアの高校に行ってしまいました。

もっともその理由は、我が家が重い障がい者の姉中心にさまざまなことがまわっていたこと自体ではなかったようです。相当後になって彼女から聞いたことですが、「確かに愛ちゃんのことをマイナスに捉えていて、そのことで将来バカにされたくなくて、学歴や学力が誰よりも上でなければならないと思い込んでしまったけれど、日本の進学校ではそれほど巧くゆかなかったので、新しい場所でやり直したかった」、というのが真相のようでした。

ともかく、二女がオーストラリアに行くと言い出すまで、そうした真相と二女の気持ちに気づかなかったことに、大きな「自責の念」があります。

サッカー少年となって、高校下宿をした長男

この「自責の念」には続きもあります。かなり成績もよかったけれどサッカー少年だった3人目の子どもの長男が、中学3年生になって、我が家から20キロくらい離れた僕の実家に下宿して、県下一、二のサッカー強豪高校に行く、と言い出したことです。これはつまり、高校では勉強はしない、ということなのですが……。

そのときには、ちょうどオーストラリアに行ってしまっていた二女と長男とが二重写しになり、やはり、重度障がいの姉との生活に「嫌気」がさしたのだろうか、と思いました。そして「やりたいようにさせてやろう」という気持ちだけで、学力などの後先のことをほとんど考えずに、長男の希望を、あまり真剣な話し合いもせずに認めてしまいました。

長男本人から「サッカーで、あんな厳しい練習をしたから、どんなことでも耐えられるようになった」といったことを今も聞くことがありますし、それはそれでよかったのだと、自らに言い聞かせることもありますが、彼が就職して、仕事で高校時代からの学力不足が響いているようなことにふれると、やはり「自責の念」に駆られます。

☆☆☆

まあそれでも、有楽町のホテルで働いていてたまにしか休みがとれず、ほとんど我が家には帰れない二女も、地方紙の朝刊の紙面作りで夕刻から夜半に仕事をしていて、愛と同居してはいてもめったに顔を合わせない長男も、今では、当然と言えば当然なのでしょうが、愛と接するさいには、「自然に」、また「家族の一員」として「普通に」しているようで、愛の世話などを当たり前のようにしている姿を見かけもします。

ですから、障がい者の兄弟姉妹が、少し書いてきたような僕の「自責の念」につながるような経験をすることも、あるていどは「仕方がなく」、また「必要」かもしれない、と今では思っています。

「恥ずかしい」気持ちを「開き直り」に変えて

愛の場合は、自分から他人に働きかけることは、ほんの目の前にいる人に本当にときたまある以外には、まったくといっていいほどありません。そうした働きかけも、僕らや施設の職員のソデを引っ張ったり手を引いたり、食べたいときに何がしかの声（うなり声）を出すといったていどですから、「問題行動」に僕らが悩まされることはまったくないといってもいいくらいです。

もしあるとすれば、ハンカチヒラヒラしながら、いっしょに買い物や散歩に出かけるときなど、相当の音量でうなり声を上げるので、すれ違う多くの人が振り返ることくらいです。これは、「問題行動」というよりも、何となく僕らが今でも、ときどきは「恥ずかしい」と思ってしまうていどのことでしかないのですが。

それにこのように「恥ずかしい」と思いかけたときでも、ほとんどの場合は、「ハンカチヒラヒラやうなり声の何が悪い」、と簡単に自らに言い聞かせてしまう居直りも、僕の身についていますので、その意味でも、本当に〈気分が楽〉なのです。

この点とかかわって、関係している施設のいぶき福祉会（以降「いぶき」とも称す）[*1]での日常からも感じていることですが、障がいが重度か軽度かという問題は、どっちが楽でどっちがしんどいかなどということとしては、問題にならない、と思います。

障がいが重度か軽度か、ということを大問題であるかのように扱うことは、障がい者問題の真の問題を歪めることになってしまい、この歪めてしまうことのほうが重大問題ではないか、と僕は思っているのです。

不安や葛藤の苦しみのただ中にいる人たち

加奈さんの場合のような軽度の方は、自分が周囲から孤立したり、仲間はずれにされたりといった、疎外されたり受容されていないことを本当に自覚できるのだから、そのために生じる不安や葛藤や苦しみは、そうした自覚すらできないと思えるほどに障がいが重度の愛などの場合とは比べものにならないくらいに大変なものでしょう。しかも、そうした大変さは日常生活において、形を変えて次々と現われてくるでしょうから、こうした点では、障がいが軽度の人のほうが重度の人よりも大変でしんどいはずなのです。

このように考えますと、毎日の、朝の起床からはじまる、食事、排泄、着替え等々での、逐一の世話は、加奈さんに比べて愛のほうが大変だろうから、それはそれで、重度の知的障がいの場合の大変さもあります。ですから、「障がいは重度のほうが大変で軽度の方は楽だ」とか、「重度のほうが楽で軽度のほうが大変だ」などと、一概に言うことはできないのです。

このように考えますと、障害者総合支援法の障害程度区分により重度・軽度で支援費[*2]が異なって、重度の障がい者には多くの支援費が、軽度の障がい者には少ない支援費しか支給されていないことは、一見、また常識的には当然と思われていることかもしれませんが（下手をすれば、これは科学的なことだ、などとして重視されているのですが）、じつはとても変なことで、これは根本的に変えなくてはならないことだと僕は思っています。

なお、「問題行動」に関する加奈さんと愛との相違と同じく、加奈さん自身による障がいの受容が大変で、そのさいに生じる「問題行動」が、親と周囲の人との関係でもトラブルの原因となるようなことは、愛についてはほとんどありません。

加奈さんは、愛に比べればはるかに活動的で、そうだからこそ、周囲とも軋轢を生むことができるのに対して、愛は本当に活動が少ないため、周囲との直接の関係をもつことも少なくなり、だから軋轢が少ない、ということになるのだと思います。ですから、加奈さんの場合は、愛の場合とは比べものにならないほど大変だ、という大きな違いもあると思います。もっとも、そのぶん、愛は周囲の人たちといっしょに作り出す楽しみも少なくなっているのでしょう。

加奈さんのような障がい者が、自らの障がいを受容すること自体に、またそうした障がい者と周囲との関係自体に、もっともっと研究次元でも注目し、そうした受容や関係の構築のための社会的支援やコミュニケーションを発展させねばならないはずです。

＊1　**社会福祉法人いぶき福祉会**　高等部卒業後から愛が通っている障がい者施設。障がいのある子どもをもつ親や支援する人たちで、1984年いぶき共同作業所として開所。94年に社会福祉法人となり、通所作業所だけでなく、デイサービス、手土産処「ねこの約束」（JR岐阜駅）で仲間（利用者）たちが作った招き猫形マドレーヌ、かりんとうなどの販売、ケアホームの開設など、多角的な障がい者福祉活動を展開しています。

＊2　**障害者総合支援法の矛盾**　障がいの重度か軽度かに応じて、支援費が異なる（軽度だと少なくなる場合がある）のは、おかしなことです。軽い場合に、支援費が増えることもありますが、それは、就労継続支援費より就労移行支援費がかなり高額になることに見られるように、もっぱら、一般就労ができそうな障がい者が、そうでない障がい者より優遇されるという、福祉の本義に反するおかしなことで、就労のための技術的支援という観点からのみなされているにすぎません。

誕生時に障がいが分かっていたら

▼藤谷　秀

竹内さんの応答文を読ませていただきました。中学校の「心障学級」に移ってからの加奈についてお話しする前に、少しだけ、竹内さんが書かれたことから感じたことを記しておきます。

生活の目処がたっていた〈気楽さ〉

まず考えたのは、愛さんのように、生まれたときに我が子の障がいがはっきりしていたとしたら、どうしていただろうということです。どんな気持ちになったかは想像もできませんが、根性無しの私としては、おそらく研究者としての道を断念し、生計を立てるための選択をしていたと思います。

第二子の加奈が生まれたとき、私は28歳。短大の専任教員として就職できたのが35歳です（私が41歳のときに「心障学級」に加奈が転校）。就職するまでのこの7年間、そのうち何とか大学に就職できるだろうと、子育ても楽しみつつ私的にはのんびり過ごしていました――ソ連・東欧社会主義の崩壊で時代は決して「のんびり」などしていなかったのですが。

こんな時間が与えられたのも、加奈が障がい児であることなど思いもよらなかったためだろうと思います。逆にもし、研究者としての道を諦めていたとしたら、どういう思いで加奈とつき合っていただろう……。自分でも分かりませんが、「この子のせいで」という思いをくすぶらせて生きていたかもしれません。

「この子のせいで私は……」、それはエゴイスティックであるとはいえ人間的な気持ちであるだけに、とても悲しいことですね。私の場合、幸い研究者としての道を続けることができたのですが……。

竹内さんとは逆に、加奈の障がいが分かったときには、すでに大学教員として生活できていたのですから、生活上の重大な岐路に立たされたわけではなかったという意味で、それなりに〈気分が楽だった〉ように思えるのです。

理不尽なレッテル――「障がい者／健常者」の区別は抽象でしかない

それから、「障がいの軽重」の問題。これはよく考えさせられる問題です。加奈が20歳になり、東京都療育手帳（『愛の手帳』）を更新するために検査を受けに行ったときのこと。

彼女は検査をとても楽しみにしていました。それまでは「第2種知的障害」で総合判定4度というもっとも軽い判定でしたが、手帳更新の検査で「障がい者」ではなくなることを期待していたのです。そして、以前と変わらないという結果に、失望とも怒りともとれる苛立ちの行動をしたこと、それに対して私が思いつく限りの理屈を並べてなだめたことを、今でもよく覚えています。

彼女にしてみれば、そもそも「障がい」自体、自分に押しつけられた理不尽なレッテルなのです。今でも、人ごみで他人からの視線を感じるたびに（実際は誰も視線など向けていないことが多いのですが）、「あいつ障がい者だ」と言われたと主張します。

しかし、そういうことを感じたり考えたりできるということは、むしろ障がいが「軽い」ということなのでしょうか。「重い障がい者」なら、実際に「あいつ障がい者だ」と言われようが何をされようが、意識もしないということなのでしょうか。

たぶん「障がいの軽重」というのは、さらに言えば「障がい者／健常者」という区別は、「抽象」なのだと思います。それは人が備えていると思われている能力や状態を一つの尺度で測っているわけですが、能力や状態を人（の内部）に「備わっているもの」と捉え、それを測定する尺度を立てること自体が、「抽象」だと思うからです。

ここで、「抽象化」が秘めている暴力性について考えたくなるのですが、このあたりは、竹内さんの研究にぜひ学びたいところです。

第3章

心障学級、特殊学級に通う

——学校教育期間は人生のほんのひととき

自閉症と診断される

▼藤谷　秀

なんで私が「心障学級」なの?——口に出せない意識

加奈が主役の歴史に話を戻します。「心障学級」の中学校を卒業するまでの3年間、加奈は自分の「障がい」を、もう少し正確には自分が「心障学級」にいることを、最終的には受け入れられなかったように思います。

私もつき添った転校初日、皆の前でとてもはりきって(「堂々と」といった感じで)自己紹介をして、「心障学級」の学校生活が始まりました。けれども転校後しばらくして、転校前の担任の先生が授業参観に来てくれたときには、おいおいと泣いたそうです。

そんなふうに揺れ動きながらも、クラスメイトとかかわりをもち、帰宅して彼らのことをよく話してくれました――微に入り細に入り、何度も何度も。よくしゃべる（というか何かをしゃべり続ける）ようになったのは、このころからです。

当時は単純に、新しい環境にもなじみ、周りの人ともかかわりをもてるようになってきた、転校してよかったと考えていました。

しかしあとになって思い当たったのは、加奈がときおり、自分が「心障学級」に通っていることへの疑問を口にしていたことです。クラスの大半が、加奈より「ずっと重い障がい」のある（ように見える）子どもたちでした。そして、自分はこの子たちと同じではないという意識を持ち続けていたのです――先にふれた「障がいの軽重」問題ですね。

パニックを起こしつつも「友だち」とともに

また、学校でパニックを起こすこともしばしばだったようです。

先生方は、そのたびに私たち親を呼び出すといったこともなく（そこはやはり「心障学級」の先生）、じつに根気よく対応してくれました。一人の人間を大切に思ってくれる第三者がいることは、本当にありがたいと思います。

ただ、加奈にとっていちばん大事だったのは、加奈よりもっと「障がいの軽い」（ように見える）子とのかかわりや、「普通クラス」の子どもたちといっしょの昼食会とか課外活動（老人ホームを訪問したりするボランティアクラブ）だったのです。「普通クラス」のある子に対して、馬鹿にされたと勘違いして加奈が腹を立てていたところ、別の子が仲介して誤解を解いてくれ、それ以来3人が仲良しになったということもありました。この子たちといっしょにお弁当を食べたり（「普通クラス」と「心障学級」の子どもたちが交流する時間）、クラスで面白いことがあると声をかけてくれたりしたそうです。加奈にとっては彼女たちが、中学校の「友だち」でした。「友だち」は、今も加奈のいちばん重要なキーワードです。

こうして何とか無事に中学校生活を終え、高校に進学します。そして、高校で社会生活や職業の訓練も受け、社会に巣立ってくれるだろうと期待したのですが、残念ながらそれは「希望的観測」でした。

そこそこの社会性を身につけられるように

高校への進学にあたっては、担任の先生からの助言も受けながら、いくつかの候補をあげ、見学して回りました。高校で仕事に結びつく教育を受け、そこそこの社会性も身につけて、社会に巣立っていく……、こんな加奈の姿を想像しながら。

最終的には、ＬＤ（学習障害）のある子どもたち、中学の「心障学級」とは違った子どもたちが比較的多いコースがある私立の学校に決めました。通学時間は、電車で約1時間。少し遠いかなという気もしましたが、中学校が電車通学だったので、何とかなるだろうと思っていました。

入学して、加奈の話を聞いたり、授業参観に行ってみると、クラスメイトや先生と積極的にかかわっていて、新しい学校生活を楽しんでいるように見えました。

強いこだわりの「行動障害」

しかし、それは長続きせず、次第に学校に行けなくなってしまいました。背景には、授業についていけない（とくに作業訓練は大の苦手）、友だちとのつきあいが加奈の思いどおりにならない、といったことがあったようですが、直接は生活行動に支障をきたすことが多くなったからです。

たとえば、家を出ようとしても、玄関のドアの開け閉めを何度も繰り返し、出かけられません。道路を歩いていても、ちょっと気になる所（マンホールが多かったようです）を通ると、その場を行ったり来たりして、なかなか進めないのです。

その他、同じ動作を繰り返すこともよく見られました。さらに、学校に行けた日は帰宅してから、電車のなかでじろじろ見られた、ひどいことを言われた……、家にいても誰かの声がすると訴えるようになりました。

こうした「行動障害」がひどくなっていき、通学どころではなくなったため、学校のカウンセラーに相談しました。そこで勧められたのが、精神科の受診でした（自分でもすぐ思いつくべきだったのでしょうが、どういうわけか「精神疾患」ということが頭に浮かびませんでした）。

さっそく紹介された精神科病院を受診したのですが、明確な診断はつかず、一応、薬（精神安定剤）が処方されました。ところがこの薬を使うようになってから、ほとんど一日中眠っていて、起きても朦朧《もうろう》としている状態になったのです。私も妻も怖くなりました。医師に相談してもはっきりせず、再度学校のカウンセラーに相談した結果、東京都の精神保健センターに相談に行くことになり、現在も通院している精神科クリニックにたどりついたのです。

診断は自閉症。加奈は17歳になっていました。

自閉症と分かってよかったこと

自閉症という診断はまったく予想外でした。今にして思えば、人とのかかわりを避け、自分

食べること、とくに外食大好き！(215ページ)

のなかに閉じこもっているという自閉症に対する紋切り型のイメージがあったからです。

加奈が中学校のころ、クラスに、ほとんどしゃべらず、よく耳をふさいだり、人に背を向けていたりして、周囲とのかかわりを避けている子がいました。その子は自閉症だと言われていて、私も、自閉症とはそういう特徴があるのだと思っていたのです。

対して加奈は、とてもよくしゃべるし、人に（とくに初対面の人に）積極的にかかわろうとしますから、私の自閉症のイメージからは程遠いものだったのです。しかし自閉症というのは、そんなに単純ではないようです。

一般的に、相手の身になって話したり考えることが困難でコミュニケーションがうまくとれない、興味関心の偏り（こだわりなど）が強い、同じ行動を繰り返したがる、といった特徴があげられ、これが思いどおりにいかないとパニックを起こすと言われています。

また、知的能力の発達に還元されるわけでもなく、知的能力の発達程度によっても多彩な特徴を示すとされています（知的障がいや精神障がいと区別された発達障がいの一つといわれるようになってきました）。

そして、原因は生まれつきの脳機能の障がいとされていますが、まだまだ解明されていない部分が多いようです。

二度目の「障がいの受容」

さて、医師からそんな説明を受けたり、自分でも少し勉強して、加奈の症状について多少なりとも分かってきました。

私にとっては2回目の「障がいの受容」です。一度目は、「知的障がい」の、そして今回は「発達障がいとしての自閉症」の。それは、分かったつもりになっただけかもしれませんが、分かった気になるのは、人を少し安心させるものですね。

そして、加奈の行動に心を痛め振り回されていたことから、少し解放された気分になりました。

一つには、「生まれつきの脳機能の障がい」ということが、自分のせいではないという気にさせてくれます。

前に書いたように、加奈が問題行動を起こすたびに、「周りの人と関係がつくれるようにしつけておけばよかった、甘すぎた、放任しすぎた……。乳児期の加奈がおとなしかったことをいいことに、スキンシップが足りなかったのでは……」という思いがくすぶり続けていたのですが、自分の育て方に問題があったと考えなくてもいいのだと思わせてくれたのです――哲学をやっていれば誰でも知っている、「生まれつき」という観念のはらむ問題性を重々承知していながらも。

生きにくさが障がいをうむ

「生まれつき」ということにはしばしば、人の力では如何ともし難く、受け入れるしかないという意味が込められています。それがときに、優生主義、人種差別主義、性差別など、社会的差別の「正当化」に結びつくことがあります――「女／男に生まれたのだから○○は当然」といった具合に。

「生まれつきの障がい」というのも同様で、「障がいをもって生まれたのだから、こういう生活をするしかない（あるいは○○ができなくて当然）」となれば、障がいとは本人のなかにある如何ともし難い欠陥であり、本人も周囲もそれを受け入れるしかないという見方につながってしまうでしょう。そうではなく、本人と周囲との関係で作られてしまう生きにくさと捉えるべきだと思うのです。

加奈が脳機能の不具合をもって生まれたということは、彼女の抱えている問題が私の育て方のせいではないという気にはさせてくれました。しかし他方で、彼女の生きにくさをいわば宿命として受け入れるということではなく、私自身も含めた周囲とのかかわりのなかで、生きにくさとしての障がいがうまれるのだということを教えられたのでした。

かかわり方が分かってきた

そして二つめに、加奈に対する接し方に見通しが立ってきました。それまでは、「どうしてやればいいのか分からない」というのが正直な気持ちだったのです。

たとえば、パニックを起こしたとき、駄々をこねているだけだと叱りつけたこともありましたが、そうするとますますパニックが高じて、部屋の窓から外に裸足で飛び出すなど、とんでもない行動をとってしまうのです。サッシのガラスを蹴破り、足が血だらけになって、あわてて病院に連れて行ったことさえありました。これは、手のない人に向かって「自分の手で食べろ」と言っているようなものだったのですね。

自閉症という診断を受けて、その加奈的特徴をふまえたかかわり方を考えられるようになったのです。

こうして、精神科クリニックの受診と診断が、加奈にとっても、私や妻にとっても転機となりました。通っていた私立の学校を退学し、そのクリニックの医師が校医にもなっていた都立養護学校高等部（現在の特別支援学校）に再入学。2歳年下の子どもたちと、高校生活を新たにスタートしました。

しかし、どうしていいか分からない、という気持ちから解放された気分もつかの間のことで、またまた波乱に満ちた高校3年間の始まりです。

特殊学級に入学して
——直面する「教育」問題をどう考えるか

▼竹内　章郎

障がい児者が安心できる場は少ないし、学校教育は短期間でしかない

藤谷さんご夫妻が、加奈さんの「障がいの受容」にかかわって、学校カウンセラーや医療などでの障がいの診断に、いわば振り回されたことの背景には、相当数いると思われる障がい者問題に不案内な医師のいい加減さを初めとして、さまざまなことがあったと思います。

そんなことの一つとして、障がいをもつ子どもたちに関する学校教育の問題も大きかったように思います。と言うのも、加奈さんが、彼女のなじめないような学校教育環境で、ある期間はすごさざるを得なかったのは、障がいをもつ子どもたちが、本当に安心してまた楽しんで暮

らせる場が、ひじょうに少ないということがあるからです。それに学校教育のような場の多くも、学校教育期間でなくなり、さらにはさほど軽減されるわけでもない、ましてや教育によって克服されるわけでもない、個々人の障がいというものに、本当には見合った教育・場になっていないからだと思うからです。

このことは、障がい児者の学校教育が、生涯にわたって必要となるいわば生活福祉にきちんとつながるようには、本当は成立していない、ということだと思います。

そんな思いとともに、障がいをもつ子どもたちの学校教育については、当たり前すぎて言う必要もないことかもしれませんが、どうしても言っておきたいことがあります。

簡単に言いますと、それは、教育、少なくとも学校教育は短期間でしかない、ということです。それに対して、ケアホームに代表されるような生活福祉は一生もので、本当に長期間の問題だ、ということです。

そうした長期にわたる生活福祉を、本当に正面に見据えた障がい者に関する社会福祉や学校教育が、いまだに取り組まれていません。これについては、たくさんのことを考えねばならないと思っています。【80ページ参照】

ここを話したい2 by 竹内章郎

妨げられている障がい者の生活保障の充実

当人たちの将来生活とつながってない障がい児者の教育の問題が一方にあり、他方では、卒業後の、たとえば入所施設などによる生活福祉自体も十分なものではありません。

もちろん、障がい者の学校教育とは別個に取り組まれるべき障がい者福祉は、確かにまったくなかったわけではありません。昔風に言えば、たとえば障がい者の入所施設による障がい者福祉が（隔離収容になりかねない入所施設の問題は別途あるにしても）、一定ていどは取り組まれてはきました。しかしそれは、入所内容の質的問題は問わないにしても、量的にも圧倒的に少ないものでしかなかったのです。「生存」さえ、もしくはそれに加えて若干の＋αの「生活」が維持できればよいといった低い質の入所施設でさえ、量的にひじょうに不十分だったのです。

少なくとも、こうした入所施設やグループホームへの国庫補助金や入所者数の想定は、養護学校義務制度化の予算措置等々がすべての障がい児者の学籍保障を大前提としたものだった（だからこその「義務制度化」だった）ことと比べると、いかにも少なく、入所施設などを必要とする障がい者すべてを対象とするものでなかったのは確実です。

こうした現実の根底では、障がい者の生活保障の相当部分を家族責任で果たすべきだ、という暗黙の前提もかなり作用していたでしょう。と同時に、障がい者の学校教育の充実は、障がい者の社会福祉の必要（ニーズ）自体の縮小になるはずで、したがって学校教育の充実ほどには、障がい者の生活福祉の充実は必要ない、という思い込みが、国家だけでなく社会全般にも広く浸透していたように思われるのです。

養護学校義務制度化の場合とまったく同じように、卒業後の障がい者の生活保障についても、本当にすべての障がい児者を対象として取り組むことが大前提となっていればなぁ、ということは、障がい者福祉を真剣に考えてみれば、誰しも思うのではありませんか？

しかしかの、障がい者教育の充実は障がい者の生活保障のニーズを減らすことになる、という思い込みは強力で、「すべての障がい者を対象とする生活保障」という障がい者福祉の充実を妨げてきた、と僕は思っています。

障がい者教育が進んだほどには、障がい者福祉は進んでいない

まず、障がい者教育と障がい者福祉との関係の問題です。

その現実の状況や機能のよしあしとは別に、重症心身障がい児者を含むすべての障がい児者に学籍を保障した点では大きな意義のある、いわゆる養護学校（現在の特別支援学校）の義務制度化は、全国的にもすでに１９７９年に始まっています（東京では１９７４年から）。

しかしこの時期・段階で、学校（高等部）卒業後の障がい者の住まいや経済的な支え・介助のサポートなどの生活保障が、教育の発展にくらべて、はるかに遅れたものだったことは、個々の論証など必要のないくらい明らかなことでしょう。

それどころか今では、障がい児者であっても、学籍がなくて学校教育（病院内での院内学級

や訪問学級なども含めて）が受けられないといったことは、およそ考えられないし、万が一そうしたことが明らかになれば、大きな社会的非難を浴びるのは確実です。

しかし、学校卒業後の障がい者については、学校時代の学籍にあたるものすらなくても、つまり卒業後の生活保障がなくても、当たり前のように扱われていることが多いのです。ようは、現在にいたるも、学校卒業後の障がい者が「生活保障」という意味での障がい者福祉の網の目から漏れてしまっている例には事欠かないだけでなく、このことが社会的非難の対象になる度合いも極めて稀なのです。

子育ての最初のハードル、保育と学校

確かに、障がい児者が生誕後にまず直面する子育てのハードルは、医療の問題を脇に置けば、保育を含む学校教育であり、これが現場で運動論的にも、また国家施策的にも先行する（実際にも先行した）ことには一理あります。しかしこの障がい児者の学校教育実現の先行には、もう一つの大きな理由があったのではないでしょうか。

それは簡単には、障がい児者教育の実現・充実を、学校教育期間後との関係でどのように考え、また発想するか、ということです。これまでの発想は、障がい者といえども、多くの場合

は一般就労や自立生活が可能になるはずで、障がい者教育が充実すれば、卒業後の障がい者福祉にさほどの力を割く必要はない、あるいは障がい者福祉に関するニーズは減少すると。だから、教育ほどには、すべての障がい者のケアホーム入所などによる生活福祉全般を考える必要はない、という発想です。

ここで想定されている障がい者像は、単純化して言えば、障がい者教育が充実すれば一般就労と自立生活が可能となる、というものでしょう。

しかし、その障がい者像には大きな問題があるように思うのです。それは、この想定に当てはまる障がい者は、現実にはごくごく一部だけだ、ということなのです。

実際、愛の障がいの重さからすれば、どう考えても一般就労どころか、普通の意味での「自立生活」など、まったく無理だということは、学齢期当初からはっきりしていました。

特殊学級への入学で経験したこと

愛は、最初は東京・三鷹市立の小学校特殊学級に入学しました。この特殊学級への入学は、就学時健診（学校保健安全法施行令で定められた、「就学時の健康診断」のこと）での教育委員会側からの養護学校への勧めを拒否したうえでのことでした。

この拒否は、近隣のほとんどの養護学校や特殊学級を事前に見学したりして調べつくし、「騒がしいのが苦手の愛には一クラスの人数の多い養護より特殊のほうがよい」「特殊のほうがはるかに家に近い」「特殊のほうが愛に話しかけてくれる仲間が多い」といったことを説明し、愛には養護学校ではなく、この特殊学級がふさわしいのだと主張したうえでのことでした。

そうした研究者の端くれとしての僕の姿を見せながらの、教育委員とのやり取りは、今となっては懐かしい思い出です。

三鷹市に住んでいたときも岐阜市に転居してからも、愛を特殊学級に通わせたのは、自宅近くの地域の学校に通わせて、少しでも将来の愛の地域生活に「役立てたい」といった思いとともに、愛の妹や弟が障がいの重い姉といっしょに生活する時間を少しでも長くして、いわゆる「共生」ということを家族のなかからも創っていきたかった、という僕たち夫婦の思いもありました。

こんな思いは、その後、それほど簡単には実現しないことを知ることになるのですが……。

というのも、愛の障がいの重さにかかわって、こんなこともあったからです。

「あなたの娘（愛）のような、重い障がいの子を、何で特殊学級に入れたのだ。おかげで、あなたの娘に先生の手がかかって、私どもの子どものような障がいの軽い子どもの教育が疎かになっている」、と夜遅く、同じ特殊学級に通う子どもをもつ親たち数人に家に怒鳴り込まれたのです。

ほぼ「全介助」の愛の小学校の特殊学級生活では、10人弱の特殊学級に加配された教員1人は、ほとんど愛の世話に「手をとられて」いたのは事実です。

けれどもだからと言って、重い障がいをもつ子どもの地域の学校への通学は許されないのでしょうか？　そんなことはないはずですし、軽度といえども障がいをもつ我が子という点では、僕たちと同じはずで、本来は本物の共同が可能なはずの障がい児の親たちが、このように怒鳴り込むなど、理不尽きわまりない、と僕は今でも思っています。

愛の将来をみわたすと――多くのケアホーム入居待機障がい者をどうみるのか

高齢となった親がその生活維持もままならない状態で、重度障がいをもつ我が子の生活を必死の思いで支えている例などは、僕の身近にも多々ありますし、日中の就労センターなどでの訓練介護等には通えても、生活保障を行ういわゆる入所施設やグループホームやケアホームに関しては、待機障がい者が相当数にのぼっています。そうしたことは、愛が通っているいぶき福祉会でケアホームを建設したときに、入所定員18名に希望者が40名近くいたことからも、明らかです。

このようにいう僕たち夫婦も、今のところは、愛の世話にたいした不自由は感じてはいません。しかしそれでも、体重43キロを超えた愛が歩かなくなって、彼女を抱き上げ、しばらく抱っこした状態で歩いて移動せねばならないときなどは、腰痛も酷くなり本当にしんどい思いをします。ですからこの状況がもう少し進行して、トイレや風呂でのケアができなくなったり、日中施設への送迎バスへの送り迎えができなくなったりすれば、愛のケアホームを「待機する」、といったことになるのは確実なのです。

「教育」だけで「就労」と「自立」はかなわない

こうしたケアホーム入所などに待機障がい者が存在することは、「待機」などという言葉のまやかしを取っ払って学校教育の次元になぞらえて言えば、養護学校義務制度化以前に、障がい児者が就学免除・猶予という名のもとで学校教育から排除されていたのと同じことであり、生活保障からの障がい者の排除は現在も依然として続いているのです。

また保育園などの待機児童の解消は目指され、その運動は起こっても、ケアホーム待機障がい者の解消については、めったに大きな議論にならないことも考えてほしいことです。

もちろん、家族といっしょに生活しながら、日中は就労センターや福祉作業所等々に通えている場合を、十全な生活保障の実現と見なし得るなら、そこには排除はないことになります。幸いなことに、現在の愛と僕たち夫婦はそういう状態にあります。が、先にも言いましたように、そういう状態が不可能になるときも、さほど遠くはないようにも思っています。

相当数にのぼるケアホームの待機障がい者の存在は、これまで学校教育卒業後の障がい者の生活保障としての障がい者福祉が障がい者教育ほどには充実してこなかったことを、またそのため、障がい者が障がい者福祉から排除されていることを示しているのです。

☆☆☆

このような状況には、国家による障がい者福祉施策の一般的遅れとともに、障がい者の学校教育と社会福祉との関係にかかわる、ある意味ではより大きな問題が潜んでいるように思われるのです。【91ページ参照】

必要なことはすべての障がい者の福祉の充実

親亡きあと、ないしは親が高齢化した場合の障がい者の生活保障は、学校教育がいかに充実していようが、学校教育の成否自体とは切り離して考えるべきなのです。

「福祉的就労なら可能だ」という障がい者も含め、一般就労が不可能な人はもとより、普通の意味での「自立」不可能な障がい者の将来にわたる生活保障を前提として、つまりは障がい者の学校教育の充実や成否とはまったく別個に、すべての障がい者の生活福祉を根本から充実させるべきなのです。しかし、こうした観点に基く障がい者福祉が、これまで決定的に欠けているのではないでしょうか。

しかも、愛のような重度の障がいをもつ子どもの学校教育自体も、さほど充実しているわけではありません。そしてそこには、学校教育が重度障がいをもつ子どもの将来の生活保障を真剣に考えていないという問題もあります。

たとえば、愛は今でもそうですが、特定の集団の雰囲気やその集団の慣習に慣れるにも、3〜4年くらいかかります。ですから、学校教育では当たり前のようになされる、クラス担任が1年ごとに変わるといったことは、愛にとっては、せっかく「分かりかけた」ときにその学校生活の在り様が中断されて混乱してしまうことを意味しますから、愛の成長やその将来の生活にとってはマイナスでしかないことが多いのです。

僕たち夫婦は、特殊学級のあとに通った養護学校の中等部や高等部のときも含めて、愛の担任やクラス編成の年度を超える継続を要望したこともありましたが、そうした一年交代のクラス担任が改まることはほとんどありませんでした。

怒濤の「シングルファーザー」生活と支援の手

愛の学校生活の話に戻ります。

1年生の春の入学早々、学校で倒れ（倒され？）、後頭部強打により第四頸椎を脱臼。いわゆる首の骨を折った状態でしたが、体が柔らかくて一命はとりとめました。

脱臼部分に本人の腰骨を移植して固定する大きな手術を杏林大学病院で行いました。手術部の固定のために頭蓋に穴をあけ固定機具を取り付けたり、その後は首にギブスやハローベストといった機具をつけ、およそ7か月の入院生活を余儀なくされます。子ども6〜8人の大部屋で、小さな子どもの付き添いは母親でしか駄目だといわれたこともあって、愛に妻が常時付き添うことになりました。

寝転んでハンカチをふりふりしているところ。

そのときには、3歳の二女と10か月の長男がいて、多くの近隣の人や両親、それに研究仲間にも日常生活を助けてもらいながら、二人を保育園に預けたりなどの世話は僕が基本的にすべてやって、非常勤講師、塾や予備校の講師をし、その間に勉強・研究という生活。

このときの生活については、大変だったなぁというボンヤリとした記憶があるのですが、本当はどんな気持ちだったのか、またどんな精神状態で過ごしたのかが、今はまったくといっていいほど思い出せません。しかし日々の子育て、収入の確保、ある程度の勉強、という日常に必死になるしかなかったこと、また親族だけでなく多くの研究仲間や友人や隣人にたくさん助けられたことは、確かです。

夜の仕事が多い予備校や塾に僕が行っているあいだには、下の二人を預かってもらい、お風呂にも入れてもらったりしました。研究会でどうしても家に帰れないときには、隣家の人に、やはり下の二人をみてもらいました。夕食を届けてもらうことも多々ありました。

こうしたことは、「共同」ということを深く考えることにつながりました。

生まれてすぐから愛のケアがあるために、研究会仲間などに会議に出られないと伝えることも多くあり、そのため、そこで愛の障がいを話す必要がありました。ですので、周りの人たちはだいたい僕たちの事情を理解してくれていました。そんななかでも助けを求めるときは、愛の状態や我が家の経済状況を詳しく話すことからはじめました。しかしそれより何より、愛のことを知っている人が、「やれることがあったら何でも言って」と言ってくれたことが大きかったです。

ここを話したい3 by 竹内章郎

「待機」者がいて当たり前のおかしな公的福祉の仕組み

障がい者の卒業後の生活保障が遅れてきたのは、80ページ「ここを話したい2」などで述べてきたような思い込みによるものだけではありません。

公的福祉の「代用品」としての社会福祉法人などによる、いわゆる「民間」社会福祉が、十全な生活保障として、日中だけでなく24時間の生活保障のためのケアホームやグループホームの建設・維持管理をしようとする場合にも、大問題を生じさせる制度的欠陥があります。

ケアホーム建設の公的補助金は、「待機」者の入居を前提とはしているが、実際は「待機」者全員が入れるとは限らない、実質の障がい者福祉ニーズを下回るものにしか拠出されない、という問題です。

既存の制度下では、「待機」者用にしか公的補助を得たケアホームなどは建設・維持できないため、相当期間に及ぶ「待機」期間（最短でも、ケアホームなどの計画から入所実現までの、3〜4年の「待機」期間）、ケアホーム入所というニーズは満たされないままに障がい者の生活保障は放置され、それが自明視されてきた、という大問題があるわけです。これは障がい者の障がい者福祉からの排除と捉えるべきです。

しかも、公的資金を得て建設できたケアホームは、当初計画どおりにすべての「待機」者が入所できるとは限らないのです。各自治体と厚生労働省との種々の交渉のなかでの行政側の判断で、建設計画の縮小といったことがしばしばあるからです。

よしんば、建設計画時点ではケアホーム入所の必要がない障がい者を、あえて「待機」者に含めた計画が実現したとしても、そのことは、本来の福祉に反することになるでしょう。なぜなら、そんな計画の実現は、「本当に必要のないとき」から ケアホームに入っていなければ、「本当に必要なとき」にもケアホームに入れない、ということを意味するからです。

つまり、当該の障がい者が家族といっしょに生活でき、このことが望ましいときにも、ケアホームで「生活」をさせなければ、家族が高齢化したり死亡して、ケアホーム入所が本当に必要なときに、すぐにケアホームに入れないことになるからです。

こうした不合理なことを解消するには、入所定員にあるていどの余裕をもたせて、建設時に入所予定者のない空き部屋付きのケアホームが造れるような制度に変更しなくてはならないのです。そうすれば、入所したい人がいれば、すぐに入居できますから、「待機」者はなくなり、生活福祉からの障がい者排除の余地も少なくなるはずなのです。

こんな提案は、社会福祉の現状からすれば、相当に途方もない願いのように思う人も多いかもしれません。しかし、障がい者教育がすべての障がい児の学籍保障を可能にしたことを考えれば、さほどの無理難題ではないはずです。なぜなら、すべての障がい者の生活保障のためのニーズ充足を可能にすることが、学籍保障と本当に同じ水準で考えられるなら、空き部屋を伴うケアホームの建設・維持も、当然のこととして捉えられてよいはずだからです。

こんな考え方が障がい者福祉関係者のあいだでも常識にはならないところに、障がい者教育と障がい者福祉とのあいだに深遠とも言える断絶があると感じるのは、僕だけでしょうか?

第4章

高校「生活」のスタート

——社会とのつながり

突き刺さる世界で頑張って…ダウンを繰り返した日々

▼藤谷　秀

苦痛に満ちた「普通の生活」

2002年4月、都立養護学校高等部での「生活」がスタートしました。

「生活」とカッコつきで書いたのは、この高校時代を通して、加奈の「生活しづらさ」が浮き彫りになったからです。あとでも触れますが、加奈の寄宿舎生活を振り返って、職員の方がまとめてくれたレポートに、こんな記述がありました。

「不安定なK子の様子から、感覚の過敏さ（音・視線・接触）や人と関わることで生じるストレスの強さを再確認させられた。また、以前より見られている繰り返しの動きも多くなり、生活の中で受けるストレスの強さを感じさせられた。」

朝起きて、顔を洗って歯磨きをし、トイレに行き、着替えて、バスに乗って登校し、先生の話を聞き、クラスメイトとかかわり、帰宅して食事をし、入浴して床に就く……。私たちにとってはこういう「普通の生活」の一場面一場面が、加奈にとっては苦痛に満ちたものだったのです。

客観的な言い方をすれば、自閉症の障がい特性が、思春期であったことや、同級生が年下の子どもたちだったことなどによって増幅されたということなのでしょう。

とはいえ、加奈のこの高校時代に私が思い知ったのは、いちばん辛いのは加奈自身だということでした。

加奈にとっての生活とは？　人生とは？——私に欠けていた視点

加奈が中学校の「心障学級」に移ることになったとき、「自分の生活は、そして自分はどうなっていくのか」という思いがよぎったと、前に書きました。いわゆる「世間体」という意味ではありません。また、先に述べたようにすでに定職に就いていたので、経済的な不安でもありませんでした。

それは、子どもが親から独立して自分の人生を歩んでいく過程に寄り添える喜び、同時に子どものことをあれこれ心配する生活から解放されて、やがて自分の時間を取り戻せるという期待、それはどうなってしまうのか、という思いでした。そして、少しずつそんな期待を、それなりに自分を納得させられる思いへと作り直してきたつもりでした。

しかし、私の関心の中心にあったのは、結局のところ自分自身だったのですね。加奈の人生をいわば外側から観察し、それに自分の生活をどう適応させていけばよいか（ないし対応させていけばよいか）ということばかりを考えていたように思います。そこに欠けていたのは、じつに単純にも、加奈自身にとって生活とか、人生は何なのか、という視点でした。

シニカルなエゴイストからは一笑に付されそうですが、逆に生きづらい人とつき合っている人たちからは「今さら何を」と言われそうですが、いちばん辛いのは加奈自身だということに気づかされたのです。

そういう意味で、波乱に満ちた高校生活は、加奈が成長するためのステップであったと同時に、私自身が少し成長できた（成長と言えるかな？）時間でした。そして、こうした視点をもてるようになったおかげで、加奈とのつき合い方もほんの少し変わってきたように思います。

イライラが募ってパニックを起こしても、どう対処すればそれを鎮められるかということばかりを考えていましたが、加奈自身はどんな思いなのか、どんなに辛いだろうか、そんなことも考えられるようになったのです――もちろん聖人君子ではないので、今でもしょっちゅう自己中心的な思いに支配され、後悔の連続ですが。

高校時代全体の振り返り、しかも私自身の振り返りが先になってしまいました。肝心の加奈の「生活」（正確には「生活しづらさ」）がどうだったか、トピックス的に記しておきます。

頑張って…ダウン

登校すること自体が、加奈にとって大きな壁でした。電車通学だった前の高校に対して、比較的乗客も少ない路線でのバス通学で、時間もさほどかからないから大丈夫かな、と考えていましたが、すでに学校までにいくつものハードルがあったのです。

着替えること、顔を洗うこと、持ち物を何度も確認しながらそろえること、忘れ物がないか繰り返し点検すること、バスに乗り降りすること、バスの乗客の視線や声を気にしないよう努めること……。そして、やっとのことでたどり着いた学校で待ち受けているのは、自分の思いどおりにはならないクラスメイトたち。

「重い障がい」のある子はそれほどでもないようでしたが、「対等」につき合えると思っていた「比較的軽い障がい」の子こそ、自分の思い描いているようなかかわりから外れてしまうので、イライラが募ってしまいます。それでも、何とか学校に行き、周りに合わせていかないといけない……。こうして頑張るのですが、合わせ加減が分からず過剰に周りに適応しようとして、へとへとになってしまうのです。

陸上競技にたとえて言えば、毎日全力で3000メートル障害走をやっているようなものですね。当然ずっと続けられるはずもなく、何とか登校しているかと思うとダウンし、学校に行けなくなってしまうということが繰り返されました。

高校全体を通して、登校できたのは登校日の3割から4割でした（大幅に遅刻したり、給食だけ食べて帰った日も含めてですが）。次ページ上のグラフは、高校3年の1学期、自宅から通学していたときの登校状況です。

寄宿舎での生活にチャレンジ

高校1年生の3学期から2年生の2学期までの1年間、学校から歩いてすぐの学校付属の寄宿舎で生活させてもらうことにしました。卒業後の社会生活への適応を目的とした施設で、月曜日から木曜日まで宿泊し、そこから登校して、週末は自宅に帰るのです（現在は廃止）。基本的な生活習慣を身につけられればということで、本来は高校2年生の1年間という条件のところを、クラス担任の先生のご配慮で1学期分早く入舎したのです。

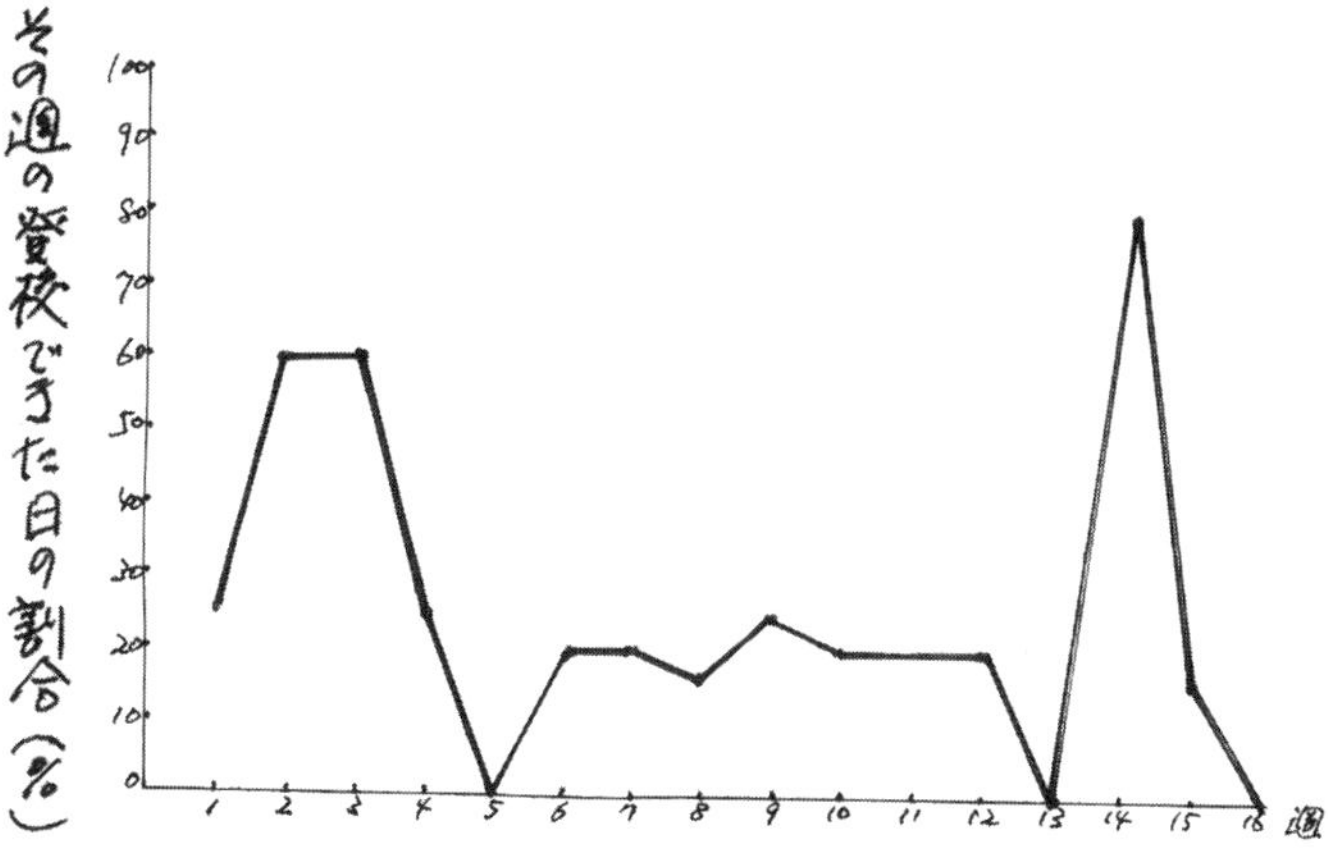

加奈の自宅からの登校状況（高校3年1学期）

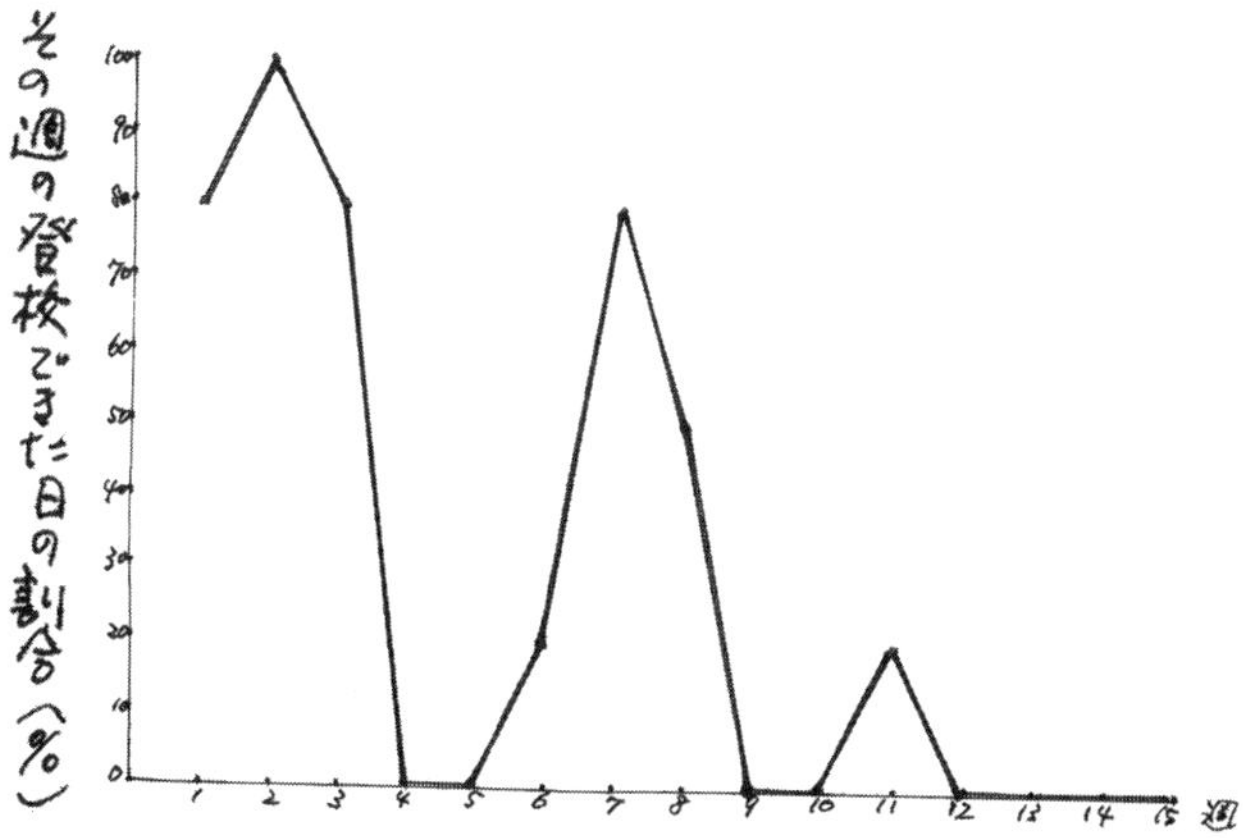

加奈の寄宿舎からの登校状況（高校2年1学期）

が、学校への徒歩5分も、残念ながら3000メートル障害走（1000メートル障害走くらい？）でした。寄宿舎の職員の方々は、「不登校生徒」の受け入れは初めてだったそうですが、担任の先生や私たち親、さらに医師とも連絡をとりながら、加奈のケアをよくしてくれました。どんな声かけをすればよいか、寄宿舎の他の子どもとのかかわりにどう介入すればよいか考えていただき、最終的には加奈のための一人部屋まで用意してくれました。

そんなかかわりから、職員の方々との関係は良かったようで、その一人の方とは卒業後も長くおつき合いしていただきました。それでも、毎日登校するという課題は残ったまま。各学期の途中からは、一人だけ寄宿舎に残って一日過ごすということが繰り返されました。頑張らねば、頑張る、そしてダウン……、そんな状態にいちばん辛い思いをしていたのは、加奈自身だったのですね。

寄宿舎から登校していた高校2年生の1学期の登校状況は前ページグラフ下のようでした。

自分に突き刺さる外の刺激

加奈の生活しづらさの理由の一つは、外界からの刺激（とくに人の声・視線・接触）に過敏に反応してしまうところにあることが分かってきました。

自閉症の特徴だそうで、前々から何となくそうではないかとは思っていたのですが。

たとえば人の声。ふつう私たちは、自分に向かって発せられた声、自分に向けられてはいない他人どうしの会話の声、自分とは無関係な人の声などを判別し、応答したり、聞き流したり、無視したりしています。どうやら加奈は、こういう処理がとても苦手のようです。頭では分かっているのかもしれませんが、耳に入ってくるどんな声も自分に向けられたように聞こえるらしく、気になって仕方がないのです。

私たち夫婦が会話していると、「何だって、何か言った？」と、隣の自分の部屋にいた加奈が飛び出して来ることがあります。加奈とはまったく関係ない会話であるにもかかわらず。外でもそんな感じで、バスに乗っていて、乗客や運転手から「こんなことを言われた」と訴えることも、しばしばです。

人の視線や、人との接触についても同様です。生活するということは、聞く—聞かれる、見る—見られる、触れる—触れられる、といった関係を生きることでもありますが、すべてが自分に突き刺さってくるトゲトゲしい刺激として感知されるとしたら、きっと耐え難いことでしょう。

であれば、世界（ここでは学校）をときどきお休みするのは、こうした世界を何とか生きていくために必要なことだったのかもしれません。

「行かなければならない」から「行けない」……

ただ、学校になかなか行けなかった理由は、加奈のなかでできあがった理《ことわり》もあるようでした。「行かなければならない」と加奈自身は思っています。そして、カントの「なすべきであるが故になし能う」をもじって言えば、加奈にとっては、「なすべきであるが故になし能わず」ということになるようなのです。

学校の始業時間に間に合うように家を出なければいけない……と思えば思うほど、身動きが取れなくなってしまいます。「今何時？　あぁ、もう7時30分……」と言って右往左往し、すぐまた「あぁ、もう7時35分……」と言ってまたまた右往左往、といったことが毎朝のように繰り返されました。そして、こうしたことが日常の行動全体に広がってきて、たとえば失禁してしまうことさえありました。「トイレに行かなければいけない」ので「トイレに行けない」のです。

こんな加奈を私はなかなか理解できず、「時間ばかり気にしていれば、それこそ時間は経ってしまうんだから、さっさと出かければいいんだよ」とか、「トイレに行きたいと思ったら、我慢しないですぐに行こうね」などと、トンチンカンな声かけをしていました。

しかしそんなことは、加奈は百も承知のはずです。いやそれどころか、この声かけは「時間どおりに出かけなければならない」、「トイレに行かなければいけない」というメッセージを含んでいますから、まったく逆効果でした。

「しなければならない」という縛りを解きほぐす

そのことが少しずつ分かってきたので、「しなければならない」という呪縛をどうすれば解きほぐせるのか、考えるようになりました――いまだに試行錯誤ですが。

たとえば、家を出る時間を気にしているときは、「そんなことはたいしたことじゃない」といった雰囲気を醸し出しつつ、声かけはなるべくしない。加奈から「どうしよう、どうしよう」と訴えられたら、「そんなに急がなくても大丈夫だから」（これは微妙なメッセージですが）とか、「まぁ、少しくらい遅れたってたいしたことないよ」とか、努めてのんびりとした口調で返してやる、などです。

しかし、もっと適切なやり方がありそうで、私もまだまだ修業が必要ですね。ただ、どうスムースに行動させるかという視点よりも、「しなければ」でがんじがらめになっている加奈の気持ちが、少しでも楽なものになるにはどうすればよいかという視点が大事だと思うようになりました。それが、加奈自身の生活しづらさの根底にあると思うからです。

「しなくちゃいけない」から「できない」ということですが、私自身、日常生活のなかで、「しなくちゃいけない」のに「できない」ことが多々あり、そのことを妻から指摘されるときに、なぜか加奈が嬉しそうであることに気づいていました。

つい先日も、「ボディーソープは最後までちゃんと使いきってから次のを使わないとダメでしょ、何回言ってもできないんだから」と、妻が私に文句を言っているのを、加奈は傍らでニヤニヤしながら聞いていました。

イライラが循環して爆発！——それは「共感」の共振的増幅

「共感」は、人と人の関係において大切なことだと語られることが多いですね。ただ、簡単には語れないという気がします。「共感」を文字どおりにとれば、「感情を共にする」ということです。そんなことがそもそも可能なのかという哲学的問題はさておいて、感情を共にすることがそのまま「癒やし」につながるとは限りません。

加奈について言えば、彼女が（私から見れば）ささいなことでイライラし始め、とげとげしい口調になってくると、私もまたイライラしてしまいます。これを「共感」とは言わないのでしょうか。あるいは、というか、こちらのほうがずっと厄介なのですが、私が仕事の疲れなどでイライラしていると、加奈もイライラし始めるのです。私や妻の顔色に極めて敏感で、こちらがイライラしているとイライラするし、こちらが怒った表情だと加奈も怒りっぽくなるのです。

こうなると、「共感」の共振的増幅とでもいうべき事態、私のイライラ→加奈もイライラ→加奈のイライラを見て私もますますイライラ→私のイライラが増しているのを察知して加奈はますますイライラ、という事態が生じてしまうのです。これが高じると、加奈は切れてしまって、大声で叫び出したり、何かを投げつけたり、壁を叩き出したりと、爆発してしまうことさえあります。

ですから、このような意味で加奈に「共感」しないように努めることもしばしばです。彼女のイライラや怒りを共にしてしまうと、イライラや怒りが増幅して爆発してしまうからです。

しかし他方で、嬉しいこと、楽しいこと、わくわくすること、こういった気持ちには大いに「共感」します。たまに彼女がこんな気持ちになって、笑顔や笑いを見せると、本当に嬉しくなってしまうからです。

☆☆☆

というわけで、「共感」はそんなに簡単に語れないという気がします。たぶん、「感情を共にする」という捉え方に問題があるのでしょう。「喜んでいるあなたを見て私も嬉しい」とか「苦しんでいるあなたを見て私も苦しい」というとき、当人の感情（喜びや苦しみ）と私の感情（喜びや苦しみ）が同じような感情になっているということでしょうか。

「共感（より正確には「同感」）」を重視したアダム・スミスという哲学者は、相手の立場に自分を置いてみて（もちろん想像上ですが）、相手と同様の感情を自分も抱くだろうと思うとき、「共感（同感）」が成立すると考えました。よく「相手の身になって」と言われる考え方ですね。

ただ、今のあなたのような経験をしたら自分もきっと嬉しいだろう、苦しいだろう、というのはちょっと違う気がします。むしろ、もっと端的にあなたが喜んでいること、苦しんでいることが、嬉しかったり、苦しかったりするのではないでしょうか。もし「共感」が積極的な意味で捉えられるとすれば、感情を共にしているというよりも、あなたの世界があなただけの閉じられた世界ではなく、そこに私もいるのだということが相手に伝わることではないでしょうか。

おっと、こむずかしい哲学話に脱線してしまいました。もっと考えてみることにします。

誰かを傷つけてしまったら――第三者の手助け

高校時代のことをふりかえっているうちに、現在も続いていることを書いてしまいました。ただ、もう一つどうしてもあげておかなければならないことがあります。それは、「誰かを傷つけてしまったら……」という思いです。

この心配は、パニックを起こし始めた小学・中学校時代からありました。そのときは、まだ子どもだからという思いが先だって、そんなに深刻に考えてはいませんでした。しかし、高校生ともなると（加奈は20歳近く）、真剣に向き合わなければならない問題となったのです。

事件は、寄宿舎生活をしていたときに起こりました。とても人なつっこいダウン症のAちゃんに乱暴をしてしまったのです。すぐに学校から呼び出され、寄宿舎や学校の先生から事情の説明を受けました。一歩間違えば大変なことになっていたようで、血の気の引く思いでした。妻がAちゃんのお母さんにお会いして謝罪し、しばらくはAちゃんと接触させないようにしました。

本人からも話を聞きましたが、仲も良かったはずなのに、なぜそんなことをしたのかよく分かりませんでした。この事件以来私と妻は、「加奈が誰かを傷つけてしまったら……」という

いろんな人とかかわって…

不安を抱えるようになりました。

しかし、その不安を解消しようとすれば、加奈を人とのかかわりから、ひいては社会から遠ざけてしまうことになります。それは加奈を「何をしでかすか分からない危険な存在」として扱うことです。そうは考えたくない、でも目の届かないところで何をするか分からない、そんなジレンマを抱えながら、加奈を見守る日々が続きました。そして、しばらくは加奈の行動だけに気を取られていましたが、やがて周りの人たちとのかかわりにも目を向けるなかで、次第にこんなふうに考えるようになりました。

〈不安を解消したいというのは、結局は私自身のエゴイスティックな気持ちであって、誰かを傷つけてしまうことのないよう、人とのかかわりをうまく橋渡ししてくれる第三者をあてにするしかないな〉、と。

そうしてみると、世の中捨てたものではないことに気づきました。ありがたいことに、高校の先生、卒業後は施設の職員の方が、そういう第三者になってくれたのです。

子どもと言えども他者である一人の人間を親がすべてコントロールするなど、少なくとも私には無理なことであり、いろいろな人を頼りにしたい。むしろそうしたほうが、人と人のつながりを広げることになるかもしれないと思うようになったのです。

☆☆☆

さてこうして、高校生活が終わりました。無事にとは言えず、〈有事〉にとさえ言えそうですが、とにもかくにも卒業したことは、加奈にとって一区切りだったようです。

残念ながら加奈自身は卒業式に参加できず、私たち夫婦が出席しました。私たちも何とか高校を卒業できたと安堵する一方で、その後の加奈の長い人生に思いを致しました。

正直、高校卒業後の生活がどんなふうになっていくのか、先が見えなかったからです。

一体感に近い愛との「共感」

──「過敏」は「敏感」なのだ！というプラス思考へ

▼竹内　章郎

「敏感さ」を大事にする

加奈さんが「人の声・視線・接触に過敏に反応してしまう」ことですが、最初から藤谷さんの苦労というかシンドさを無視するような言い方になってしまいそうで恐縮しつつも、僕がまず思ったのは、この「過敏」というのは、少し見方を変えて肯定的に表現すれば、「敏感」ということになるのではないか、ということでした。

藤谷さんが、この「過敏さ」ゆえの加奈さんの反応について、「トゲトゲしい刺激として感知される」からだという、秀逸な表現をされていることに、一方でとても感心しながら、他方では、この「トゲトゲしい刺激としての感知」に、私たちが忘れがちな大切なものが含まれているのではないか、などと無責任かもしれませんが考えてしまいました。

加奈さん自身が、そうしたトゲトゲしい世界を「ときどきお休みする」ことを、できるだけ大事にしてあげると同時に、そうしたお休みの時間のただ中でも、加奈さんの「敏感さ」自身をもっと大事にして、「敏感さ」に加奈さんが、ある種の自信をもてるようにしてあげられないか、とも思いました。

もちろん、このようにすることが難しいのは、私たちの生活環境が、もっと言えば今ある社会・文化全体が、加奈さんの「敏感さ」に応えられない構造になっているためで、そこに最大の問題がある、ということは分かっているつもりですが。

無視していた他者の振舞いに気づくとき

確かに、過敏に反応して、通常の生活スタイルでは無視するのが当然の声や視線などが気になりすぎると、スムースに生活が送れないので、私たちは藤谷さんが言われるように、加奈さんが示すような過敏な反応をいっぱい無視したり聞き流したりしていると思います。

しかし、ここにすでにある社会・文化の大きな問題もあるように思うのです。加えてそこには、紙一重の「領域」もあるように思うのです。通常は無視する他者の振舞いに、あるとき気づくからこそ、そこに他者との新しい関係が生まれることもあり、このことは、既存の社会・文化をより善いものに変えるうえではとっても大切ではないかと思うのです。

ヒョットしたら、加奈さんの振舞いのなかには、そうした新しい関係を生むものがあるのではないでしょうか？　などというのは無責任でしょうか？

通常の生活スタイルに縛られすぎの私たちには気づかない、しかし大切な新しい関係を生むものが……。少なくとも、そうした方向性があることを少しでも肯定的に評価することは可能ではないかと思うのです。

もちろん、すべての加奈さんの感知と反応・振舞いがそうではないでしょう。しかし、そのように肯定的に評価して、そのことを具体的なコミュニケーションのなかで具体的な語りとして明らかにしていけば、加奈さんに、たとえば、自分には他の人が無視したり感じないことを感じられるのだから……といった新たな感覚・気持ちが生まれ、そこに自分自身への自信も生まれるのではないでしょうか？

もちろん、こんな状況を実現するには、藤谷さんやそのご家族の日常生活にとってはやっかいで、大変な努力が必要なことは、僕も分かっているつもりですし、こんな風に思う僕は、あまりにも実情が分かってない第三者でしかないような気もしています。

同時にまた素人目には、他者の視線や声に、自分への「視線」や「声」を感じてしまうことは、これが酷くなれば、いわゆる統合失調症的な幻視や幻聴につながるかもしれないとは思います。

でもそうした幻聴などを感じてしまうことのなかにも、そんなことを感じる自分を見つめ直すもう一人の「自分」さえ存在すれば、またそんな「自分」の存在を可能にする他者の援助があるていどあれば、「常人」には気づけない、しかも「常人」の世界の「隣の世界」を構成する大切なことが明らかになるのだ、とも僕は思います。

愛の「自己表現」に迫る、他者の視線を受けとめて

このようなことを僕が思うのは、たぶん、愛といっしょに「世間」と接するさいの経験のためです。

たいした経験ではないのですが、愛といっしょのお出かけで多いのは、愛との散歩の他に、生協の店舗での買い物があります。買い物のさいには、広い公園での散歩の場合とは違って、愛のうなり声や奇声が他人に「聞かれる」という経験があるのです。

だいたいは妻がカートを押し、その周辺を僕が愛の手を引いてウロウロしながら商品を見た

り手にしたり、ときには愛が商品をカートに入れたり、試食品巡りしたりといった買い物です。が、そのさいに、愛は、常時かなり大きなうなり声や奇声を発し、これが周囲の大注目を浴びるわけです。僕はこれが愛なりの「自己表現なんだ」と、自分自身に言い聞かせながら、こんな場面を過ごしてきました。

15年以上前くらいからは、そんな自分への言い聞かせをすることもなく、僕らがなかなか了解しがたいものであるにせよ、愛の「自己表現」を「楽しむ」というか、「ごく当然のこと」として受けとめるようになってきています。

それから愛は、かなりの頻度で広くもない生協の通路でしゃがみこんだり、僕にハグしてきたりして、人の流れを妨げることがあり、ここでも「世間」の人から見れば、「変な親子だなぁ」などと注視の的になっていると思います。

この場合は、「愛ちゃん抱っこしよか?」と声をかけたり、実際に抱き上げたりしながら、その場をやり過ごすのですが、周りを気にしていると、いやおう無く周囲の「雰囲気」が僕に迫ってきます。

しかしここ15年間は「世間」を無視して、愛の目をみて愛と向き合うことだけを考えて、その場、その時を「過ごす」ことに慣れてきています。

その他にも気に入った売り場の商品を、数分以上もジーッと見ながら手を出したりして、その場を動かないことがあり、他の人の買い物の邪魔になることもあります。

そうした場合も、そんなに邪魔にならなければ、件のうなり声といっしょの、売り場での愛の仕草に付き合います。そしてそこには「〈世間の常識〉からズレていて何が悪い」、といった一種の居直りがあるのですが、そうした生活をかなり楽しんでいる自分に気がつくのです。

ジレンマをやりすごす方法

加えて言わせてもらえば、「しなければならない」ことを自覚している加奈さんを、僕は愛とどうしても比較してしまい、ひじょうにうらやましいと思ってしまいます。

というのも、愛は「しなければならない」こととして分かっていることが、加奈さんと比べれば極端に少ないため、愛自身の成長のひとこまとして、藤谷さんが悩んでいるようなことを、考えることすらできないからです。もちろん、「しなければならない」ことが「できず」に悪戦苦闘している加奈さんと、このことへの対処に悩む藤谷さんの大変さが僕にないことは、「幸福」かもしれないのですが。また愛と加奈さんを「比較する」こと自体が良くないかもしれないのですが……。

できることが増えるとシンドさも増える、ということかもしれない、とも思うのですが、僕と愛の場合だと、「できなさの多さ」が「シンドさや心配の少なさ」につながっていることは本当にたくさんあり、このことを、藤谷さんの話から、改めて強く感じさせられました。

たとえば、愛が「動かない・動けない」ことがあります。これは、一人だとどこでも座り込んでしまうことが多いので、いちばんは、万が一僕たち親が少し目を離したとしても、一人で出歩いて行方不明になったり交通事故にあったりする心配が、ほとんどないわけです。

藤谷さんの場合、「お父さんにも、家の片付けや掃除等々の日常の具体的なことで『しなければならない』ことがいっぱいあるけど、できないことが多くてね、大変だよ！」、「できないときは……したフリして誤魔化してね！」、「ほんのチョットだけやったり、やったフリしながら生きてるよ！」といった対応は、加奈さんには少しは安心感というか「余裕」を生むことにつながるのではないか、などと無責任かもしれませんが、また第三者的には思いました。

愛との「共感」は親との「一体型」

「『共感』はそんなに簡単には語れない」、という藤谷さんの言葉、本当に考えさせられました。日常の苦労というか、イライラといったマイナス感情の「共感」や、そうならないための感情のある種の「遮断」といったことは、たぶん、藤谷さんが加奈さんとのあいだで実感されているような共感を、愛とのあいだではなかなか実感しえない僕にとっては、うらやましいと感じつつ、同時にその一歩手前のところで本当に考えさせられます。

というのも、一方で僕は、イライラの感情の「共感」のなかにも、何か肯定的なプラスの気持ちの共感につながるものはないのかしら、などと思いつつ、他方では、イライラの相乗効果は確かにシンドイことだから避けたいと思う気持ちもあるからです。

愛にもイライラはありますが、それは、自分の好きな食事がなかったり、欲しいジュースを体重制限を考えてあげなかったり等々のときにあるだけですので、そうしたイライラはチョットした親の側での対応の仕方で、本当のイライラにはなりません。本当の愛のイライラを感じることが、僕たちの場合はひじょうに少ない、ということになると思います。

他方で、愛との「共感」がまったくなくはありません。しかし愛との「共感」は、相互に「自立」した藤谷さんと加奈さんのあいだに成立する共感とはまったく違って、僕たちと愛との一体感に近いものです。ですので、これは本当の共感ではないかもしれない、と日頃思っています。

食事にしてもトイレにしても散歩にしても、そこに共感らしきものがある気はしますが、それは僕と愛とが一体となってやっているなかにあることで、ここに、僕の持論の「能力の共同性」の原型もあるのかもしれないと思っています。

僕と愛との「共感」は、共感というよりも僕からの愛への直接的な感情の一体化に近いものでしかないかもしれないと思います。

【哲学的なはなし】参考：アダム・スミス『道徳感情論』高哲男訳・講談社学術文庫・2013年

ここまで書いてきて、藤谷さんが先にふれたこととダブるのですが、またスミスの思想全体の評価の話ではないのですが、『諸国民の富』の著者としてよく知られているアダム・スミスが、『道徳感情論』も書いていることについて、僕もあらためて思うことがあります。スミスは、そのなかで、同感ということに、同感する人が一方的に同感される人の感情に一体化して同一感情を持つといった、いわば感情的一体化としての同感という直接的同感と、そうした同一感情を持たなくても、同感しあう人たちがお互いに想像上、相手の立場にたつことによって相手の感情に同感できる間接的同感があるとして、間接的同感こそが、自立した主体同士の本当の同感＝共感だとしているのです。

僕と愛との「共感」は、共感というよりも、多くは僕から愛への直接的な感情の一体化でしかなく、これだと、同感する側の僕がいつも観察者で、同感される愛はいつも被観察者でしかないことになり、そこには本当の意味で、「共に対等に」ということはありません――これはスミスが、先行者のハチスンやヒュームの同感論を批判した点です。

これに対して、藤谷さんと加奈さんとのあいだの同感や共感は、相互に主体として、対等にまた共に向き合い、お互いに、相手の立場を想像して相手の立場にたち、そのうえで相手の立場に踏み込めるような、スミスが重視した同感（間接的同感）に近いものになっているように思うのです。スミス自身は、こうした間接的同感に基づく経済を構想できたからこそ、『諸国民の富』という新しい社会的議論が展開できたのではないでしょうか。

障がいの「軽重」が問題の「軽重」にはつながらない

「誰かを傷つけてしまったら……」という思いは、加奈さんの障がいの「軽さ」ゆえの心配でしょうから、先にも言いましたが愛は、拙い言い方かもしれませんが、他人を傷つける力さえないがゆえに、僕は、藤谷さんのような気苦労をせずにすむように思います。

しかし、このことは同時に、藤谷さんが、多くの他者を頼ればよいのだ、と気づかれた経験が僕には薄いことにもつながる気がしています。確かに動きの少ない愛も、他者の見守りや保護がなければ心配なのですが、そうした他者の見守りなどがあまりなくとも、行動範囲が狭いがゆえに親と施設の職員がある程度ガードしていれば、心配は薄れ、しかもその心配は愛自身が傷つくのに留まる心配でしかなく、愛が他者を傷つける心配ではありません。

そのぶん、藤谷さんに比べて、僕は気楽だなあと思いましたが、こんな比較をしてしまうこと自体が問題かもしれないでしょう。でも要は障がいの「軽重」自体が現実社会においては、「問題」の軽重につながるわけではないことを告げていることははっきりしていると、本当に思いました。

他人とかかわり、頼もしくなる娘

——親子関係だけでは子どもは育たない

▼藤谷　秀

気づくと親が「共犯」になっている

「今ある社会・文化全体が、加奈さんの『敏感さ』に応答できない構造になっている」という竹内さんの指摘は、痛いところです。

「どうしてこんなに過敏なのか、そんなに気にしなければいいのに」とばかり思ってしまう私自身が、この構造の共犯関係にあるのですね。そして、日々のかかわりに追われていると、共犯関係にあることにもなかなか気づけないのです。逆に、二者関係では見えていないものも、第三者であるがゆえに見えることがあるということです。

ここで、二者関係とか第三者というのは、実質的な意味で言っています。二者関係というのは、互いの人生全体に「私―あなた」という仕方で応答し合う関係です――現代社会では家族関係（とくに親子関係）がこのような関係だと見なされています。この応答 response は、ときに互いの人生に責任 responsibility をもっているという意識にまで高められる場合もあります――責任などもてるはずもないと思いますが。

これに対して第三者は、「私―あなた」という仕方で応答するとしても、相手の人生全体に応答しているわけではありません。したがって、相手の人生全体に責任をもつ必要のない応答です。そしてこのことには、積極的な意味があると思うのです。

相手の人生全体に応答しなければならないとなると、ときには迷路にはまってしまい（「彼女／彼の人生全体を考えるとどうすればよいのだろうか…」）、ときには重荷を感じてしまう（「自分以外の人の人生全体なんて支えきれないのに…」）。こんなふうに二者関係に巻き込まれてしまうと、見えるはずのものも見えなくなってしまう場合があります。それが、巻き込まれていない第三者からは、当たり前のように見えているのです。

日常の生活をちょっと助けてくれる人たち

あまりにも抽象的な哲学節になってしまいました。

加奈のことで言うと、たとえば、電車賃を貸してくれた交番の警察官。

最近は施設の車の送り迎えがあり、毎日通えるようになったのはいいけれど、加奈は寄り道ができない不自由さを感じているのではないかと思っていました。

案の定ある日、帰宅の途中、最寄りの駅から一つ隣の駅前で車を下ろしてもらい（本当はルール違反なのですが）、大きなスーパーで買い物をしたようです。買い物に持ち金をほとんど使ってしまったのですが、大雨のなかを家まで歩くのは大変だと思ったらしく、電車に乗ることを思いつき、駅前の交番に行って電車賃を借りたのでした――困ったときは交番に頼るといいと誰かから聞いたことが、頭にインプットされていたようです。

その夜、交番から「無事帰れましたか？」と電話がかかってきて、その一件が発覚しました。本人は、叱られると思ったのでしょう、帰宅後何ごともなかったかのようにしていました。

さすがに交番からの電話で観念し、私たちに詳しく事情を話しました。そして後日、加奈といっしょにお金を返しに行きました。当の警察官は非番でいなかったのですが、交番には貸した公金の記録がなかったので、自分のお金を貸してくれたようです――その警察官の、職務というより善意が感じられ、ちょっと嬉しい気分になりました。

この行きずりの第三者である警察官は、加奈の人生全体に向き合っていたわけではありません。障がいのある人（子？）が家に帰れなくて困っているので何とかしてあげよう、くらいのことだったと思います――それでもあとのことも気にして、電話してくれたのはありがたいことです。

心配しすぎ（強い慮り？）は子どもを親の世界に閉じ込める

一方、これを知った親である私は、また帰りに買い物に立ち寄ったりして困ったものだ（とはいえ帰りに買い物することは「普通の生活」の一コマだけれどどうしたものか）、しかももっているお金を全部使ってしまうなんて、こんなことでは一人で生活なんかしていけない、もっと言い聞かせないと、などと、加奈の人生の来し方行く末を慮ってしまいます。

親であれ誰であれ、自分の人生のことを慮ってくれる他者がいるということは、障がい者であろうがなかろうが、生きていくうえで大きな支えとなるでしょう。ただ、この慮る側の意識が過剰になると、相手を自分の世界のなかに閉じ込めてしまうことになりかねません。空間的には、つねに自分の見える範囲に相手を置こうとすることになりますし（「目が離せない」）、時間的には、相手の人生という時間全体をマネジメントしようとしてしまいます（「親亡き後の生活も何とかしておかねば」）。

私だけかもしれませんが、この子は障がい者なのだから、いつも目の届くところに置かなきゃいけない、将来のことは親が何とかしてやらないといけないと思ってしまうのです。しかし、そんなことは所詮不可能なことですし、本当に当人の人生を大切にしているのか疑問です。

これに対して、第三者にとっては、自分のかかわりは相手の人生のごく一部にすぎません。相手が、自分のあずかり知らぬ時間と空間のなかで生活していることは百も承知です。だからこそ、親であれば（あれこれ慮って）できないことも、良いか悪いかは別として、比較的気軽にできるのです。

そしてそうした第三者とのかかわりは、本人にとっても重要な意味があると思います。社会のなかで生きるということは、そういう第三者とかかわって生きるということだからです。逆に言えば、親の世界のなかだけで生きることは、社会から切り離された生活と言えるのではないでしょうか。

加奈が起こす騒動は社会で生きている頼もしい姿

こんなふうに考えて、加奈が引き起こす騒動を、もちろんそのつど頭を痛めつつも、社会で生きている証しだと思えるようになりました。

あとで紹介する「みどりの窓口」の職員。釣り銭を間違えたと思い込んだ加奈に、懇切丁寧に対応してくれたコンビニの店員（内心はうんざりしていたでしょうが）。もう少し身近な第三者としては、加奈の訴えを聞いて助言してくれる、同じ施設利用者の人。もちろん、すべての人が善意にあふれているわけでもないし、加奈のためにならない対応をするかもしれません。ただ、そうした第三者とのかかわりをもちながら生活することが、社会のなかで生きることだと思うのです。

親子という二者関係のなかで私たち親が見ている加奈の姿は、一面にすぎません。親には見えていないけれど、第三者が見ている姿も、まぎれもなく加奈の姿です。そしてそれは、けっこう頼もしい姿だと思えるようになりました。

今持っているお金は…

（132ページ）

第5章

施設に通いはじめて

――成長する娘に気づくとき

心配だけど、「やってはダメ」と制限してはいけない

▼藤谷　秀

居場所ができた!

高校の進路担当の先生が奔走してくれて、卒業後はとりあえず、小さな作業所に通い始めました。高校時代と同様、しばらく通っては休んでしまうの繰り返しで、平均すると1週間に一度行けるか行けないかという状態でした。そして、1年半たったころにはほとんど行けなくなってしまい、しきりに「どこか別に行く所はないのか」と訴えるようになりました。

この作業所は男性の利用者が多く、加奈にとっての大事なキーワードである女性の友だちができないことも不満だったようです。

そこでいろいろ探した結果、2006年10月（加奈は22歳）、ちょっとした作業もするデイケ

ア施設に変わったのです（現在は「障害者総合支援法」による生活介助・就労支援施設）。

それからもう7年になります。利用者や職員の方とのかかわりで一喜一憂の毎日ですが、今のところ何とかやっていけています。相変わらず先は見通せませんが、それでも7年間続けて通えているということは、加奈の大切な居場所になったようです。

「秀さん」

加奈は私のことを「秀さん」と呼びます。私に向かってそう呼ぶだけでなく、私以外の人に対してもそう呼びます。

私の勤めている大学の学園祭にいっしょに行ったときも、私の所属学科の学生に対して「秀さんは…」と話して、学生を少し驚かせていました。きっかけは、一番年少の娘が中学生になったときに、私が「もうみんな大きくなったのだから、これからはお父さん役は終わり。お父さんのことを『秀さん』と呼ぶことにしよう。」と言ったことでした。

私自身、半ば本気半ば冗談で言ったつもりでしたが、私の言葉をそのまま受け止めたのが加奈でした――他の息子と娘は取り合いませんでした。

以来、私は加奈にとって「秀さん」になりました。加奈にとって「秀さん」はどんな存在なのか、ちょっと気になるところです。

帰るコールメールとおかえりのハグ——毎日の儀式

私が仕事に出かけている平日の毎日、決まってやっていることがあります。

一つは、私が帰宅する前のメールのやりとり。仕事を終えて帰りの電車に乗る前に、加奈と妻にあてて「帰りは○○時になります」というメールを出すと、「分かりました……お疲れ様でした……帰りをお母さんと私で二人仲良く待っています……」と決まった返信をしてくることです。

二つ目は、帰宅すると必ず加奈が「おかえり」とハグをしてきます。コタツで寝ていても、あたふたと起き出して、ハグをしてきます。そんなにしなくてもと思うのですが、加奈にしてみれば、私が帰ってきたときに必ずすることになっているようです。

そして三つ目は、加奈が寝るとき、「秀さん、たいへん申し訳ありませんがすみませんが、布団を直してください」と言うことです。

自分の布団を直して寝られるようにすることは、時間をかければ自分でできるはずですが、決まって私に頼むのです。それに応える私は、加奈を甘やかせているのかもしれず、加奈のためにはなっていないのかもしれません。ただ、加奈にとって特別な意味があるのかもしれないと思い、布団を直してやっています。

そして、「秀さん、布団を直していただきまして、どうもありがとうございました」という加奈の言葉で、この儀式は終わります。

買いたいものが自由に買える――お小遣いの話

いま、加奈に毎週1000円のお小遣いを渡しています。飲み物やお菓子、ちょっとしたおもちゃなどを買っているようです。しかし、本人は金額に不満をもっていて、少し高額のものが買いたくなると決まって文句を言ってきます（たった1000円では当然ですね）。

このお小遣い制が始まったのは、高校を卒業して3年目、加奈が24歳のときからでした。それ以前は、買いたいものがあると、そのつどお金を渡すというやり方でした。

これは加奈にしてみれば、とんでもない自由の制限です。買いたいものがあるときには、いちいち「何のためにいくらのものを買うのか」を申告しなければならず、場合によっては却下されるのですから。加奈のイライラは募るばかりでした。

親の私たちは、金銭管理ができるわけはない、無駄なものを買ってしまうに違いない、お釣りの計算ができないのだからレジで恥ずかしい思いをするだろう、などと考えてのことでしたが、これは絵に描いたようなパターナリズム（paternalism　138ページ参照）ですね。そのことに私も気づくようになり、お小遣いを渡して自由に（といってもじつにささやかですが）買い物ができるようにしました。毎週2000円です。

お金の使い方について、「そんなものを買ってどうするの」とついつい口出ししたくなることもあるのですが、そこはぐっとこらえて好きにさせています。わが身を振り返れば、自分だって「そんなものを買って」と言われそうな買い物をしてきたわけですし。誰かから見れば無駄なものでも、当人には何がしか意義のあるものかもしれません。

そして何より、人から指図されずに生活できる場面があることは大切だと、加奈を見ていて思い知らされました。

それから、最近になって気づいたのですが、加奈はお金の計算が上達しました。最初のころは、あっという間に財布がふくらんでしまいました。というのは、どんな少額のものでも1000円札を出していたため、小銭が増える一方だったからです。ところが最近では、いくらのお金を出せば、だいたいいくらのお釣りが戻ってくるか、分かってきたようです。

もちろんときどきは両替してやります。そのさい、1円玉、5円玉、10円玉などを並べて、合計でいくらだと言ってきます。

いつの間にかこんな計算ができるようになっていたのですね。算数はさっぱりだと思い込んでいた私には、ちょっとした感動でした。

携帯電話買換え事件

ところで、毎週2000円のお小遣いをなぜ1000円に減額したかというと、「携帯電話買換え事件」のせいです。携帯電話大好きの加奈が、仲良しになった人と同じ機種にしたくなったらしく、勝手に買い換えてしまったのです。立派な成人ですから、親の許可など必要ありません。

面白いのはそのときに、あんなに嫌がっている障害者手帳を、ちゃっかり身分証明書として使ったことです。本人にしてみれば、障害者割引もしてくれるので一石二鳥といったところでしょうか。

私からすれば、携帯電話に限らずとんでもない契約をしてくるのではないかと気が気でないところではありますが、そこは商売をする人たちを信頼するしかありません。そうでないと、加奈の自由をどんどん制限しなくてはならなくなるからです。

話が少し逸れましたが、この事件があり、前の携帯の支払いが残っていたので、その分をお小遣いから差し引いて1000円に減額したのです。もちろん加奈も納得のうえで。ただ、いろいろ買いたいものがあるらしく、最近うずうずしていて、こんなこともありました。

私　今度の土曜日は用事があって出かけるからね……

（10分くらいたって突然激しい口調で）

加奈　お金なんかいらないから！　全部返すから！（と財布のなかのお金を全部テーブルの上に）

私　ん？　どうしたの？

加奈　どうしたのじゃない!!　お金のことなんか、頭悪いから分からない!!（と自分の頭をたたく）

私　……

あくまで想像ですが、加奈の頭をかけめぐったのは、こんなことだったのではないでしょうか。

「今度の土曜日は用事があって出かけるからね……」↓「秀さん」が土曜日に出かけてしまう↓土曜日は決まってお小遣いをもらっているのに↓お小遣いをもらえないかもしれない↓お小遣いがなくなってしまう↓買いたいものが買えなくなってしまう↓でも買いたいものを好き勝手に買っちゃだめ↓だめなんだからお金なんかないほうがいい↓「お金なんかいらないか

ら！　全部返すから！」

お小遣いはちゃんと渡すと何度も説明して、やっと気持ちは収まりました。

大切なことは「自由」に生活できること

いま、お金の制限のことを書きましたが、これ以外でも、いろいろと生活の制限をめぐる問題があります。たとえば、知り合いの人と遊びに出かけること。

これを書いている今日も、朝から出かけていきました。通っている施設で仲良くなった人と、ときどき買い物やカラオケに出かけることがあるのです。

最初は、遊びの約束をしたと聞くと、心配で仕方ありませんでした。待ち合わせの時間や場所が分かるのか、途中でパニックを起こしたらどうするのか、お金を無駄遣いしてしまうのではないか、ちゃんと帰って来られるのか、人に迷惑をかけているのではないか等々、心配の種は尽きません。

そのためはじめは、予定を詳しく聞いて、「ああしろこうしろ」と指図していましたが、みるみる表情がかわり、不機嫌になります。それは加奈にとって「できれば出かけてほしくない」というメッセージだったようです（私たち親の本音は確かにそうなのですが）。

けれどもそれでは、家に閉じ込めておくしかなくなります。そんな人生を押しつける権利は親にもないと思い直し、「何かあったら……」という親としての腹のくくり方もし、今では「行ってらっしゃい、気をつけて」とひと声かけ、加奈は嬉しそうに出かけていきます。障がいをもたない大人なら、何の変哲もない日常の光景なのですが。

心配しているようなことは今まで何もなく、外出しても午後6時頃には帰宅します。

施設の制度が変わり、ちょっと前から、施設が自宅前から作業所（施設）まで車で送迎するようになりました。確かにそれは便利ではあるのですが、今まで自分で電車に乗り、帰りに買い物をすることも楽しみにしていたわけですから、その「自由」が奪われたことにもなります。

先にも書いたように、人から指図されずに自由に生活できる場面があることは大切だと思います。障がい者の不自由さの大方は、（親も含めて）人や社会による制限から生まれているとつくづく思うのです。

出会い系サイト事件——男性の友だちと「出会い」の言葉に惹かれて

「友だち」が加奈のキーワードだと書きましたが、「異性とのつき合い」もまた彼女の関心事です。

今までつき合った男の子の話をしたり（架空の話も含まれています）、施設だと出会いがないからつまらないと不満をもらしたり、結婚して子どもをつくる話をしたりと、「男性とつき合うこと」に興味津々。こうして起こったのが、出会い系サイト事件でした。

買ってきた雑誌に出会い系サイトのURLが載っていたらしく、自分の携帯を使ってアクセスしたのです——もちろん私たち親には内緒で。「最近よくメールがきているな」と思っていたところ、とうとう本人から出会い系のことを打ち明けられました。

どうやら、朝から深夜まで時間帯を問わずメールが送りつけられるので（ときには写真付きで）、お手上げ状態になったようです。私がメールをチェックし、アドレス変更をして、やっと収まりました。これに懲りて、その後アクセスはしていないようです。現実世界だけでなくネットの世界までとなると、今の社会は誘惑だらけなのですね。

誰かとつき合うことは、とても素晴らしい経験です。そうして加奈も生まれてきたわけですし。ただ、親の立場からしてみれば、心配だらけです。加奈にとっての性愛という、今の私にとっては難問を、これから探究していきたいとも思うのです。

●●●●●●●● ここを話したい4 by藤谷 秀

「あなたのため」の裏にあるもの

パターナリズム（paternalism）は日本語では「家父長主義」、「家父長的温情主義」などと訳されています。それは、「私はあなたの幸せを願っており、あなたにとって何が幸せかは私がいちばんよく知っている。だから、私の言うことに従えばあなたは幸せになれる。」という理屈で、弱い立場の者の生き方などを強い立場の者が決めてしまうことです。

親子関係、医療者と患者の関係、ケアをする側とされる側の関係、男女関係など、さまざまな関係のなかに見られます。表向きは「あなたのため」と称していますが、そこにはエゴイズムが隠されていることがしばしばです。

これに対しては、当事者主体とか自己決定の尊重という考え方が対置されることが多いようです。

しかしそれが、他人に危害を加えない限り本人の意思に従うことが最善だという考え方になると、「ちょっと待って」と言いたくなります。パターナリズム対自己決定という対比だと、相手へのかかわりが、よけいなお世話か不干渉かということになってしまいます。

たとえば、不治の病に苦しみ「死にたい」と言う人に対して、それを引きとめようとするのはよけいなお世話でしょうか、「はいそうですか」とその意思を「尊重」すればよいのでしょうか。

そこに欠けているのは、お互いを大切な存在として気遣い合う関係です。重要なのは、こうした関係のなかで、相手にとって何がいちばんよいことなのかを見つけていくことではないでしょうか。

愛がハグをするとき
――やりとりから生まれる生活の豊かさ

▼竹内　章郎

うらやましい「毎日の儀式」

帰宅時刻を知らせるメールとそのやりとりにしても、藤谷さんの帰宅時のハグにしても、寝るときの「布団」を巡るやりとりにしても、そうしたコミュニケーションの成立がひじょうに難しい僕たち家族と愛とのかかわりからすると、藤谷さんと加奈さんとのかかわりはうらやましい限りだ、というのが率直な感想です。

関連して、藤谷さんが、加奈さんが、「次々としゃべり続けて、それにつき合うのが大変だ」、と書いていましたが、僕は、愛との会話ができれば、どんなに嬉しいか、などと今でも思っているので、しゃべられ続ける大変さについては、ほとんど想像の域をでないのですが、若干は「贅沢な悩みだな」、などと思ってしまう、というのも正直なところです。

愛の場合は、たとえば僕が「ただいま」を数度繰り返して初めて、「タダイマ」をやっと、僕たちの顔を直視するのではなくつぶやくように言ってくれるのですが、それが果たしてコミュニケーションになっているのかどうか、今でもひじょうに「疑わしい」からです。

つまり、風呂の場合（169ページ）と同じように、やらされている感覚が愛にはあって、「タダイマ」もたんなる鸚鵡《おうむ》返しの「発語」にすぎないように思われるからです。

それでもときには、とてもニコニコしながら嬉しそうに、そうした鸚鵡返しの「タダイマ」を言うことがあり、そこには何かしらホッとした感情が生まれます。

加奈さんの場合は、すでに成立しているコミュニケーションを前提に、いっそうのやりとりの可能性があるようで、帰宅時のメールのやりとりは、加奈さんの外出の最中などに、心配事についての話し合いにつながり、何かしらのトラブルや事故などを防いだり、対応するためのツールとしても役立つような気がします。

また、そうした「実用的」な話を超えての生活の豊かさにつながるコミュニケーションが、藤谷さんと加奈さんとのあいだで生み出されていると思いました。その頻度が高すぎて、藤谷家の場合は、かえって他の日常生活に支障が出るのでしょうが。

愛がハグをするとき

もっとも愛も、ごくわずかなのですが、積極的に自らハグしてくることがあります。

夕食後自分が食べ終わったらすぐに、必ず100パーセント、椅子から立って、すぐ横の母親に抱きつきに行き、少なくとも1分、長いときでは2分くらい、母親とのハグを続けるのです（父親の僕とのハグはこの食事時にはまったくありません）。そして母親とのハグを終えると安心したように、すぐ前のソファーに座ってハンカチをヒラヒラしながら、うなりながらテレビかCDに見入（聞き入）るのです。

いつからなのか定かな記憶はないのですが、10年ほど続いていることは確かです。

これが、食事を作ることの多い妻のことが分かっていてのハグであれば、言うことはないのですが、じつのところはそうではなく、食事の余韻を楽しむようなことの一環として、口を動かしたり食べ物を飲み込んだりすることの延長上にある身体接触としての心地良さを求めての仕草ではないか、と思っています。

ただし大急ぎで付け加えますと、我が家では、1週間か10日に一度くらいは、愛と僕ら夫婦の3人で、愛の好きな肉類かラーメンなどの外食をします。そのさいには、必ず僕が愛の右隣に座って、こぼしかけたり、うまくすくえなかったりした食事の手助けをします。その外食のときには、食事が出てくるあいだ、愛は僕に必ずといっていいほどハグをしてきます。

どんなに空腹のときでも、愛は不思議とおとなしく食事の出てくるのを待つことができますが、そのさいには、例のうなり声をあげてハンカチをヒラヒラさせながら、僕にハグをしてくるのです。

愛からの僕へのハグは、この外食時と長くトイレに座らされているとき、それに外出時に座り込む直前などのときだけなのですが、なぜ、こうしたときだけに愛が僕にハグするのか、またそのときの愛の気持ちや感情がどのようなのかはいまだに分かりません。

しかし、食事という愛にとって最大の楽しみのさいに、さらにその楽しみを再確認し、自らの気持ちの善さをさらに高めるためのハグではないか、と思っています。また、外食や外出時にのみ僕にハグしてくるのは、家のなかでは妻に比べて愛に「厳しいことの多い」僕が、家の外では「何かしらの頼り」に見えるのかもしれないなどと想像してはいます。

そこに、私たち親への本当の信頼や親愛さがあれば、言うことはないのですが、そこまでの感情ではなく、外出時の何かしらの「世間」への不安等々が親へのハグを生んでいるにすぎないだろう、というのが僕の正直な気持ちです。

加奈さんのハグは、愛の場合にはなさそうな信頼にみちたコミュニケーションの一種になっているように思われ、それもうらやましい限りだ、というのが正直な思いなのです。

高等部では修学旅行で長崎へ

愛の養護学校中等部・高等部時代は、運動会や保護者参観などには僕も行き、いっしょにいろんなイベントにも参加しましたが、何かしら愛は自分にふさわしくない場に無理に参加させられている感じをもっているのではないか、ということをいつも思いつつでした。

とくに愛は小学校の障害児学級に入ったころからは、騒がしい集団が苦手になっていったようでした（今もそうです）から、団体行動的なイベントでは、参加した僕ら親が無理矢理に愛を引っ張っていたような感じがしていました。

それでも、愛は学校に行くことをあまり嫌がらず、その意味では「つつがなく」過ごせていたことは幸せだったのかもしれないと思っています。愛は騒がしい集団のなかでも、なんとか自分の「居場所」を確保して過ごす術を身に付けていって、それが今にも役立っているのではないか、と思っています。

高等部の修学旅行では、親から離れて長崎のハウステンボスに2泊3日で、ほとんど問題なく行けたことも、騒がしい団体行動のなかで「自立的に」――もちろん教職員の全介助があってのことですが——生活できたことの証しとして、とても嬉しいことでした。

高等部卒業後、すぐにいぶき福祉会の通所施設（第二いぶき）へ通えたのですが、それはまったくの偶然でした。

というのも、いぶきの二つ目の施設を作る計画がいぶきに集まった多くの親御さんの要求をまとめる形で実施に移され、これが実現したときが、ちょうど愛が高等部を卒業するときだったからです。僕ら夫婦にとってはありがたいことでした。

「できること」が少しずつ増えていく——通所施設・いぶきでの生活

いぶきに通う愛は、いぶきという場所に慣れるだけでも数年を要しました。しかし、今では草木染といって、桜の木や椎の木の皮などを煮た煮汁で染める作業の一部（布を煮汁に浸けるだけ）をやったり、「ポットちぎり」と呼んでいる、種苗屋さんで苗を売るさいの土を入れるもの（これは二つがいっしょになってできる化学製品）をちぎって二つに分けたりなど、ほんの少しですが授産品として販売する商品を作ることもやっています。

つまり「自力でできること」——もちろん、今現在も、周囲の職員さんたちの手助けがあってのことですが——が増えてきています。これは、作業（仕事）を愛にマッチするように「分

解」してくれた職員さんたちの努力のおかげであることは言うまでもありません。
しかし愛が「できる」ようになったことのなかで何よりも嬉しいのは、いぶきの作業所に通い始めて10年目くらいになって「やっとできる」ようになったことなのですが、作業所からの迎えのマイクロバスに、バスの取っ手を自分で握り、また夕ラップに手もつきながらですが、「自力で」バスに乗り込み座ることが、ひじょうにスムースに「できる」ようになってきたことです。
後ろからの「愛ちゃん、バスに乗ろうね」といった声掛けがなければ乗れない場合もありますが、それでも声掛けだけで「できる」ようになってきたことは、大変大きなことだと僕たち夫婦は考えています。
というのも、我が家の自家用車の助手席は、愛が幼少のころから愛の「指定席」になっていて、10歳頃からはよじ登るような格好で、自分で座席に座ることができていたのですが、18歳になっていぶきに通うようになって迎えのバスにスムースに乗るのは、なかなか「自力では」できなかったからです。乗れた場合も、お尻を押したり引き上げたりして、ようやく乗れるという状態が長く続いていました。

「10年単位の取組み」、といえば大袈裟に聞こえるかもしれませんが、愛にはそうした取組みが必要だということでもあります。

長期にわたる取組みが愛には必要だということは、愛には慣れた状態や環境が必要だということでもあります。いぶきでも、愛に慣れた担当の職員が変わったり、年度初めなどにいっしょに過ごす集団が変わったりすると、落ち着かなくなったり、手で自分の頭をたたくなどの自傷的行為が増えたりします。

もっとも、こうした接する人や集団が変わること自体に対応できるようになってゆく成長が、愛にも必要だということになるのでしょうが……。

第6章

毎日の生活、あんなこと・こんなこと

部屋の整理整頓と「健康を保つ」ための習慣

▼藤谷　秀

水曜日は水色のTシャツ――加奈流のこだわり

加奈は身だしなみに（「普通の人」の外見の基準からみて）無頓着に見える、これは頭が痛いところです。正確に言うと、まったくの無頓着ではなくて、こだわるところやこだわり方が、私たち（あるいは私？）の「普通の」基準ではなかなか理解しにくいということでしょうか。

先日は、水色のTシャツがなくなったと大騒ぎでした。自分の部屋で何かを探してゴソゴソやっていたかと思うと、えらい剣幕で部屋から出てきました。

「お母さん、私のTシャツ、どこにやったの!?」

「自分の部屋か、2階の洗濯物をたたんでいるところを探してみて……」

さんざん探し回って、やっと自分の部屋から見つけ出し、落ち着きました。この騒動に費やした時間は1時間以上です。たかが下着として着ている（つまり人の目にふれるわけでもない）Tシャツなんだから……と思うのですが、本人にとっては重大問題だったようです。

あとで話を聞いてみると、水曜日は水色のTシャツを着ることに決めていて、曜日ごとに着るTシャツの色を決めているのだそうです。なるほど、加奈なりの「オシャレ」なんですね。ただ、外見は無頓着に見えてしまうのです――いつも、ヨレヨレといった感じの上着とズボンなのですから。

ズボンといえば、スカートをはくことは絶対にありません。中学・高校のころは、制服があってスカートをはいていましたが、特別支援学校に転校して以来、ずっとズボンをはいています。たまにそのことを話すと、決まってこんな答えが返ってきます。

「スカートは寒いからね。それに、私は女みたいなのはイヤなの……」

実際とても寒がりなので、この理由は「合理的」だと思いますが、「女みたいなのはイヤ」というのは、ジェンダーやセクシュアリティがからんでいて解釈が難しいところです。

入浴と歯磨きの習慣づくり

さて、私からみて、健康ともからむ身だしなみについていちばんの問題は、入浴と歯磨きです。

入浴については、以前は、面倒くさがって何日も入浴しないようなこともありました。介助が必要なわけではないので、本人がその気になるかどうかの問題です。

「臭くなってくるから」（他人に不快な思いをさせてはいけないという道徳的理由づけ）とか、「病気になるから」・「お湯につかれば肩こりも治るから」（自分にとって良いことという理由づけ）などと説得したり、私や妻が入浴後に「あぁ、温かくて気持ち良かった」と言ってその気にさせようとしたり、あの手この手で入浴させようとしてみましたが、なかなか効果があがりませんでした。

しかしどういうわけか、最近では、自分でほぼ毎日入浴するようになりました。夜は、疲れていて面倒くさいようで、たいてい朝、シャワーで体を洗い、身支度をして出かけていくのです。ほぼ毎日施設に通うようになり、他人の目を意識するようになったからでしょうか。この変化はまだよく分かりません。

それでも、歯磨きのほうはまだ習慣づいていません。これが、いちばん何とかならないかなと思っていることの一つです。

入浴と同様、あの手この手で歯磨きを習慣づけようとしたのですが、うまくいっていません。施設でやっている健康診断で、虫歯のことが指摘され、歯科治療にも行きました。それもふまえて歯磨きをするよう説得したのですが、その気になってくれないのです。

「歯磨きしなさい」と言っても、「そんなこと言われたくない」と怒り出します。かと思えば、「歯磨きしていかなくちゃ」と自分から言い出すことも……。本人にもその意識はありそうなので、うまく習慣づけにつなげたいと思っているところです。

ただ、今のところ、加奈はいたって健康です。アトピー性の湿疹がひどい時期もありましたが、現在はそれほどでもなくなりました。ですので、ほとんど医者にかかることもなく、幸いにも身体的には元気いっぱいの加奈です。

足の踏み場がない部屋の片付け

そしてもう一つの難題。部屋の片付けです。

「秀さん、大変申し訳ありませんが、すみませんが、布団直してください。」

と言われて、ベッドの布団を整えることが日課になっていることは前に書きましたが、加奈の部屋に入ると足の踏み場がありません。部屋いっぱいにありとあらゆる物がちらかっているのです。なかには、食べ残したお菓子や飲み残したペットボトル、洗濯機に入れるべき下着類も混じっています。加奈に気づかれないようにこっそり処理することもありますが、何とかもう少し整理できないものかとため息が出てきます。

先ほど書いた、水色のTシャツ探しに1時間以上かかるのも、このためです。自分のなかでの、物の重要度ははっきりしていながら、それを整理しておけないのでしょうか。それとも、ほとんどすべての物に重要な価値があり、どう整理してよいか分からなくなってしまうのでしょうか。

このあたり、私にもまだまだよく分からないところです（整理整頓が苦手な私が偉そうには言えませんが）。そして、本人の手にも負えなくなると、私にSOSを発してくるのです。

「秀さん、今度部屋を片付けるので、いつならいいですか？」

というわけで、だいたい3か月に一度のペースで、部屋の片付けと掃除をしています。捨てていいもの、加奈的に大事にしているであろうものは、今までの経験から何となくですが判断できるようになりました。整理して、掃除機をかけ（音が苦手な加奈はその間自室から避難）終了します。

普段から部屋の片付けをしてほしいと思いつつ、どうしたものかと思い悩んでいるところです。

「自分が言いたい」——会話という言葉の世界への参加

「私が言う」。

加奈の口からよく出てくる言葉です。たとえば、妻が韓国ドラマのタイトルを思い出せず（妻は韓ドラファン）、ああでもない、こうでもないと言っていると、加奈も参加してきて、「ちょっと待って、私が言うから」と、妻や私を制します——妻のほうがどうみてもよく知っているはずなのに。

借りたお金を返しに行った交番でも、私が事情を話そうとすると、「私が言うから」と、自分でいきさつを一通り説明していました。逆に、自分が言おうとしたことを誰かに先に言われてしまうと、著しく不機嫌になり、なかなか気分が収まらないようです。

これに反して行動面では、誰か（家ではたいてい私）にやってもらうことに抵抗はない、それどころか面倒くさいのでやってもらいたがるのです——家に帰ってコタツに入ったが最後、なかなか動こうとしません。

一人で家にいるときは、うどんとかカップラーメンとかゆで卵を自分で作って食べられるのに、私がいると、「秀さん、大変申し訳ありませんが、すみませんが、うどんを作ってください」と言ってきます。ですから、会話のなかで「自分が言う」と強烈にアピールするのは、いわゆる「自立心」ともちょっと違うのです。

会話という言葉の世界、それは私たち人間の共同世界ですが、そこに自分もちゃんと存在しているのだと言っているように、私には思えます。

たかが「トイレ」ということなかれ

▼竹内　章郎

歯医者さんはやっぱりいちばんの難関

加奈さんの日常生活に対する藤谷さんたちご夫妻の苦労は、加奈さんにはいろんな要求があって、それらの多くが一般的な日常生活のしきたりにチョット合わないことからきているように思いました。

その点では愛の場合も同じかもしれませんが、愛に関する僕たちの苦労は、もっと原初的なところにあると思います。お漏らしや着替えや移動等々で、ほとんど日常生活に全介助が必要な愛ですが、これらの多くは、本当に毎日のことなので「苦労」などと意識するまでもなくやれていることです。それでも親の僕らの加齢とともに、抱き上げると腰が痛くなるなどは「苦労」かもしれません。

愛に関する苦労で大きなことは、体調管理や医療面です。

いちばんは、3か月に一回ていどの歯科診療です。毎日の歯磨きは、長年のことで「歯磨き、クチュクチュ♪♪」と僕らが唄いながら歯ブラシを口に入れると、案外すんなりできます――だから歯科医でも歯ブラシの段階までは愛もおとなしく「されるがまま」になっていてくれます。

ところが、いざ、歯科医特有の機器が動きだしたり音がしだすと、「全身全霊をかたむけて」その場から逃れようと必死に抵抗するのです。

通っているのは障がい者歯科で、全身を抑制帯でしばりつけるような診療台に仰向けになって愛は治療を受けるのですが、抑制帯を跳ねのけるほどの力を発揮しますから、手足を親や看護師がいっしょになって相当な力をいれて押さえていなければ、治療が進みません。それでも最近は、僕らの押さえつける力を少し弱めても大丈夫になってきて、少しずつ我慢ができるようになってきた気もします。

しかし以前は、車がこの障がい者歯科の建物に近づくと足を踏ん張ったり自傷的な行為をやるほどに、歯科医療を嫌がっていました。

体の不調にどう気づくか

もう一つの苦労というか心配は、自分の体の不調をほとんど訴えることができない愛が、体重増等々から生活習慣病などを抱えていながら、これが僕らには分からないのではないか、ということです。

もちろん、いぶきで健康診断などは定期的にやってくれていますが、そこでは分からない軽い異常があっても(軽度の歯痛も含めて)、放置してしまいかねない心配があるわけです。

近年では尿酸値がけっこう高いのですが、これが酷くなって痛風の前兆があっても、私たち親が気づけないことをどうしようか、と心配しています。小学校入学直後の頸椎脱臼のような、よほどの苦痛があれば話は別ですが、少々の痛みや不調から体の異常を僕らが発見してやれず、そのため重症化が防げないという不安なのですが、そこに神経をとがらせる必要があるのは苦労といえば苦労なのです。

加えて、20歳代半ばに発症したのですが、癲癇《かんしゃく》発作があることも心配です。多くは深夜の就寝中にこの発作を1か月に一度くらいおこしますが、そのときには白眼をむいて体が硬直し、通常とは異なるうなり声をあげますから、本当に心配になります。

とはいっても発作は2～3分で収まりますし、これに僕らが慣れてきたこともあり、また薬も常備して飲んでいますから、発作についてはそんなに心配してもしょうがない、と開き直っているところも我々親にはあります。

寝起きのトイレをとおした哲学的思考

日々の生活でぜったいに欠かせないことのひとつに排泄があります。日中であれば、定時排泄*ができますが、寝起きの朝は、この定時排泄すらままならない、重度の知的障がいの愛の、朝の「大便」の話です。

＊定時排泄　自力では、トイレで排泄ができないが、1時間半ごとなど決まった時刻にトイレに連れて行けば、お漏らしせず、トイレで排泄ができること。通常は、この定時排泄も周囲の介護者などの声かけなしでは、実現しないことが多く、また、トイレに入ってからズボンや下着の上げ下げにも自らはできないことが多い。愛もそうですが……。

知的障がいが重い愛が朝起きてする大便のさい、大便の前に起きてきてソファに座ってからの彼女の微妙なお尻や体の動きを察知しないと、オシメパンツに「大」を漏らしてしまう確率が高くなります。

日中なら「トイレに行こう」と誘えば、定時排泄としてトイレに自分で行って（いっしょに付き添いは必要なのですが）「大」もできる彼女も、寝起きのさいには「動きたくない」という感覚が強いためか、うまくいかないときがあります。

この愛の動きは、体が軟らかいこともあり、ひじょうに微妙に上半身を前のめりにして、ちょうど体操選手の柔軟体操のような格好に近くなったりもする、そんな動きなのですが……。

ゆっくりトイレタイムのための親用椅子

朝、大音量のテープを10分程度かけて、愛を起こします。親の私たちに促されるまま半開きの眠い目の状態で立ち、何とかいっしょにトイレに入り座ります。彼女が洋式トイレに座り、まん前に風呂で使う台座のような椅子に私たちが座って、トイレの「態勢」ができあがります。

この椅子を私たちが使うのは、しゃがんだ状態だと、足などがしびれて辛くなって、親の気持ちが落ち着かなくなり、ゆっくりと愛のトイレタイムにつき合うことができなくなるからです。

すでに夜中にオシメパンツに小便を漏らしていることもありますが、おおかたは「小」は、トイレに座れば、目は眠ったような半開きの状態でも、すぐに出ます。その後は、すぐに立ちあがってトイレの外に出ようとすることが多く、すぐにトイレを出ていってしまいます。

ソファにあぐらをかいて座り、親の僕たちが「愛ちゃん、コーヒー飲む?」と言いながらコップで差し出すコーヒー牛乳を一口ずつ数回に分けて飲み、さらに癲癇発作用の水に溶いた粉薬を飲みます。長年にわたって朝飲んでいるこんな水分が、「大」の便意につながっている「ようなのです」。これは、あくまで僕たち親の推測でしかありませんが。

この推測を愛に、いわば投げかけるように「当てはめ」、それが「当たっている」という自らの能力を信じながら、またこの「当てはめ」に愛が「応答している」ことを「期待」しつつ、朝の「大」をめぐる事態が進行します。

微妙な動きを察知する緊張感

「大」の便意をめぐることは、これからが本番です。

この朝の便意を、通常の言葉をもたない彼女は、こちらが語りかけても言葉では表現はしません。また眠さもあって、日中のように自ら歩いてトイレに入ることによって表しもしません(できません)。

彼女のこの朝の便意は、足を組んで座っている最中に「お尻を少し浮かせたり」、「斜め座りのような状態になったり」、「お尻をむずむずさせる動き」によって表現されます。

そしてこの動きを見つつ、「愛ちゃん、ウンチ行く？」「ウンチ出る？」などと親が何度も声かけして、愛の立ちあがりを促します。

愛のこれらの表現＝「動き」は若干で、またほんの一瞬のことも多いので、親がこの「動き」に気づかず、また何も言わず・彼女を促さなければ、彼女自身が立ってトイレに向かうまでになることはめったにありません。逆に僕らは、20年以上も同じことをやっていても、こうした「動き」を見逃さないために、毎朝、若干の緊張感はもつものなのです。

こうした経験から、眠さにめげずにトイレに向かう「個人の力」としてのトイレ能力が愛にはないことになるのだろう、と思います。そのため、自力でトイレに行くのを待っていると、座った状態でのオシメパンツへの「大」のお漏らしとなるわけです。

こういった「動き」をキャッチするにあたっては、何とも言えないものがあります。朝食の用意や、朝食を僕たち親が食べながらの観察でもあるからです。今朝などは、生卵をときながらの「観察」でした。

このような「面倒で緊張する」感覚は、愛の「子育

座って大切なハンカチを
ふりふりしているところ。

て」を30年間やってきながら、いまだに消えません。反面、親の観察力を発揮する「絶好の機会」としては面白みもあるようにも思います。ただそれを「面白み」などと言えるのは、うまくトイレでの大が「成功したとき」で、「失敗」すればいわく言い難い感覚になり、次には「失敗」を避けようとして緊張しますし、緊張せねばならないことに面倒な感覚すら今だに持ちます。

一言でよく言えば、「たかが」トイレに入るまでのことでしかないにもかかわらず、「生活の幅を感じる」という点では、「されど」トイレのことだ、ということでもあるのです。

察知する能力は周りの人との関係から生まれる

愛の周りの人には、このような彼女の微妙な動きや表情を察知して、そこから彼女の思いや欲求などをくみ取る能力が要求されるわけです。そうした僕ら周囲の人間の能力と一体となって、愛のトイレで用を足す「能力」が初めて生まれる、ということにもなると思います。彼女のこのトイレで用を足す「能力」は、彼女と周囲の僕たちとの関係として生まれる「能力」としか言いようのない能力だと、僕は思うのです。

こうした彼女の「能力」が「生まれる」には、彼女と共に生きようとする態度に加えて、共に生きることのできる場が必要だと思います。こうしたことは、そんなにむずかしいことではないでしょうが、障がい児者とかかわりの深い人たちも、案外、見過ごしがちなことではないでしょうか？　こうした能力に関する話は、僕の二十数年来の「能力の共同性」論の一つの契機にもなっていることなのですが……。

だから、「ゆっくりトイレタイムにつき合う」ことなしには、いっしょにトイレで「共生」などできない、ゆえの台座の椅子のセットなのです。

こうした態度とその能力は私たち周囲には要求される、とともに緊張感がありながらも何かしらゆったりとした、また「いとおしさ」と一体の態度・能力のように思えるのです。

「大の成功」での満ち足りた気持ち

かの「動き」がなくとも、事前にトイレに座らせればよいのでは？　ほんの数分でかの「動き」になるだろうから、という意見もあるでしょう。しかし、かの「動き」がない段階でトイレに座らせても、便座から必死に立ちあがろうとしますし、また実際にも私たち親が押さえつけなければ、トイレから出てしまうことが多いのです。

もちろん、トイレに入って以後も、すぐには「大」が出ない場合もあり、そのさいには親もいっしょに気張って、「ウン、ウンね」などと声かけしながら、愛自らが気張り踏ん張って「大」をするのを待ちます。そこで本人も必死に気張って、ようやく「大の成功」となりますが、そんな終わったあとの表情は、親の欲目でしょうが、「大」を漏らして、風呂に入る瞬間などと比べると、はるかに気持ちよさそうで安心感に満ちているように思えます。

こんな具合ですから、朝起きての「大」にいたるまでのやり取りにすら、いわゆる障がいの重い人たちとの生活のかなりのことが、凝縮されているように思えるのです。

「大」のお漏らしの悲喜こもごも

お漏らしした場合は、トイレでのその処理のあと、シャワーで洗い流しながら石鹸で下半身全体を洗います。とはいえ時間がないことが多いので、そんなにのんびりはできません。そのときの愛の姿勢は上半身は服を着たままのことが多く、風呂の壁に両手をまるで犯人逮捕劇のような具合につけさせて……。そしてまた、「ウンチはトイレでしょ!!」といった呼びかけをしながら洗います。

風呂でシャワーを使って洗い流すことは、2週間に1~2日の朝にはあることですし、しかも、通所施設に通うための施設のバスの時刻を気にしながらのことです。

この風呂での処理のさいにも、またその瞬間にも、「面倒だなあ」という思いがまったく消えてはいません。また、「大」がついた尻を洗うのですから気持ちがよいわけではないかもしれませんが、シャワーを使っての作業に、僕たち親も一種の心地良さを感じもします。この心地良さが愛にもたぶん伝わっていると思うと、何かしらこのシャワーの時間すらいとおしくなり、楽しみにもなってきます。

もちろん、いつも楽しみなわけではありません。ときには時間のなさや、先に述べた愛の微妙な動きが察知できなくて、「大のお漏らし」となったことへの苛立ちや失敗感覚のため、心地良さではなく、極端には腹立たしく思いながらやっている……、そんな場合がないわけではありません。親がそんな気持ちだと、愛の態度もなにかぎこち無く、「大」の処理をシャワーでやる共同作業が、「共同のこと」になりません。

とはいえ、シャワーのときに、「ウンチ、トイレよ、分かった?」、「駄目でしょ。分かった?」といった、声かけをしながら、愛が「ワカッタ」などと鸚鵡返しに応える状態は、これはこれでまた、何がしか、心休まる、またゆったりとした気分の良い時間でもあるのです。

スムースな会話にただよう「ほのぼの感」

▼藤谷　秀

「何を伝えたいか」を思う

竹内さんが言われた「微妙な動きを察知する能力」や「ゆっくりトイレタイムにつき合う」ことなどは、加奈との生活でも思い当たることが多々あります。

真っ先に思い浮かんだのは、加奈との会話です。まだまだ「微妙な動きの察知」や「ゆっくりつき合う」ことができていないなぁと、反省を込めてですが。

加奈はよくしゃべると書きました。帰宅すると、その日施設で経験したこと（たいていは気に入らなかったこと）を延々としゃべり続けるのです。これにいかにつき合うか。

同じことを何度も繰り返したり、怒りの感情をたかぶらせたりするのですが、どこでどう相槌を打つか、いつ口をはさむか、どういうことをどういう言葉を使って話すか、それこそ加奈の話しぶりの微妙な動きを察知して話さなければなりません。

いまだにこれが難しく、タイミングなどを間違えると、イライラしてもう一度最初から話し直したり、逆ギレされてしまうこともあるのです。

先日、少し興奮気味にこんなことを言い出しました。

加奈　今日、○○ちゃんから「加奈ちゃん嫌い」と言われた！　キレそうだったけど、△△さんが「そんなふうに言ったら加奈ちゃんが傷つくでしょ」と○○ちゃんに言ってくれて、我慢したよ。

私（また何かしでかしたのかな……と推測しつつ）　○○ちゃんはどうして加奈のことを嫌いなんて言ったんだろうねえ？

加奈（みるみる表情が険しくなり）　そんなこと分からないよ!!

すぐに反省。

加奈がいちばん伝えたかったのは、「キレそうだったけど我慢した」ということだったのに、私のなかではまた何か問題を起こしたのではないかという思いが先立って、加奈の気持ちを十分察知できていなかったのです。

加奈の表情や口ぶりから、気持ちを察することが結構できるようになってきたと自負しているものの、まだまだこういう失敗をやらかしてしまいます。それはたいてい、竹内さんの言葉を借りれば「共生しようという気持ち」や「真剣な『察知しよう』という気持ち」が欠けていて、「また厄介なことが起こったのか」という思いで加奈にかかわってしまうときです。「何かしらゆったり、また『いとおしさ』と一体の態度・能力」が必要ですね。

会話の成立は至福の時間

とはいえ、いつもいつも険しい場面ばかりではありません。

加奈の気持ちをくみ取ってうまく会話が成立したときは、きっと愛さんが「大の成功」に満足感を抱くのと同様に、加奈も落ち着き、ほのぼのした表情になるのです。加奈と会話が成立し、共にあるということが実感できる瞬間は、私にとって大げさに言えば至福の時間、これも竹内さんの言葉を使えば「心休まる、またゆったりとした気分の良い時間」なのです。

私たち人間は、共同的な存在だとつくづく思います。何かができる、何かを感じる、何かを考える、何かを意志する、これらはとりあえず一人ひとりの身に起こることですが、その一人ひとりにかかわっている他者が存在しなければ、どれも空虚なものになってしまうのではないでしょうか。

「十年一日のごとき」の入浴風景
——生活のなかに、ちょっとくらい「訓練」があってもよいと思って

▼竹内　章郎

愛との入浴は日常の大切なひとコマ

母親と入る場合はまったく別のやり方になりますが、愛との風呂は、僕が愛を洗って「やる」のではなく、完全に風呂に「いっしょに入る」という具合で、父親の僕自身にとっても必要な日常のひとコマです。そしてそのなかに、愛ができるだけ「自力」で洗えるようになることと同時に、洗う体の部位を言葉にすることを盛り込んでやってきました。

そもそも愛が風呂をさほど好んでないという問題もあって、愛といっしょの「風呂」もそれほど順調ではありません。出張で家にいない日や帰宅が遅い日もありますから1週間に5・5

日程度、風呂を僕が愛と共にしてきたことは、大切な時間だったという実感はあります。もちろん夏にはシャワーだけの日も、真冬に風呂に入らない日もあります。

しかしながら、ただここ十数年は、洗い方も発語の様子も、多少の「進歩」はあるでしょうがまったく同じことの繰り返しなので、これでよいのかと思いながらも、繰り返しだからこそ、生活のひとコマとしての意味もあるのだ、と自らに言い聞かせているようなところもあります。

☆☆☆

愛といっしょの風呂は、服を脱ぐことから始まりますが、これは省略……。

お風呂に誘うために——お湯の温度に慣れる

我が家の風呂は、湯船がもぐり込み式で、洗い場の高さから30センチくらい下にお湯の表面があります。湯船は縦90センチ・横１５０センチほどで、お湯は70センチくらいはっています。だから、湯船の両壁も比較的低いので、愛も簡単にお湯が汲めます。

最初に愛ももてる手桶で、僕がお湯を汲み、愛の両手をこの手桶にかわるがわるつけたあとで、愛を抱きかかえるようにして、背中をさすりながらゆっくりこのお湯を背中にかけます。お湯の熱さに体を慣らすためですが、あまり風呂が好きではない愛を風呂に誘うためでもあります。もっとも今では、手桶にお湯を汲むと、自分からお湯のなかに手を入れてくるので、少なくとも、本人のなかで風呂が習慣化してきたことは事実だと思います。

その後は、「愛ちゃん、お湯かけて」と言うと、この手桶を右手に持ち、湯船から自分で汲めるていどのお湯を汲んで4～5回、ゆっくり自分の体にかけていきます。これも今では、僕の言葉かけがなくとも順調にでき、習慣になっています。

愛が手桶でお湯をかけるあいだに、シャワーを出して、僕は「台」に座って急いで洗髪をします。自分の洗髪をしながら、ときおり僕が、愛の左肩のほうに愛がもつ手桶を移動させ、「こっちの左にもかけて」と言って、「自力」ではできない、左肩へのお湯かけをさせます。左肩へのお湯かけが「自力」ではできないのは何故？　などと考えながらですが、右肩へのお湯かけの習慣化と、左肩への応用をしないことの習慣化が一体のようなのです。

なぜ僕が入浴係なのか――やらなくては気がすまない無意識の〈何か〉

そんなお湯かけをする愛を見ながら、ときどき、何故、僕が愛の入浴係になったのか？　と、介助されながらも手桶を扱えるようになった愛の成長を楽しみながら、また同時に、僕自身が頭を洗える余裕のできたことも感じながら、ふと思うことがあります。

妻とのあいだに明確な「取り決め」など交わしたことはありません。強いて言えば、専業主婦に近い妻に比べて、どうしても愛と過ごす時間の少ない僕が、少しでも愛とゆっくり過ごすためだったと思います。とはいえ、風呂の時間はせいぜい20~30分程度ですが。

が、そうしたこと以上に、親として日常のひとコマとして、やらなくては気がすまないこととして愛とのいっしょの入浴が位置づいてきたという、無意識的な〈何か〉があって、それが本当に日常化してきたのが真相かなぁ、などと思っているところです。

自信ありげになる表情が嬉しい

僕が洗髪し終えるころに、「愛ちゃん、座って」と言いながら、愛も僕の左側の「台」に座らせ、愛の頭にシャワーをかけます。当初は、この頭からのシャワーかけをひじょうに嫌がっていました。しかし、十数年前くらいからは、自分で両手で顔を覆って、湯が眼や鼻に入らないようにすることができるようになったこともあって、頭からお湯がかかることは、当然の〈仕方ない〉ことだと思っているようです。

けれども、顔を覆っていた手をはずしたときの、したたるお湯で目をショボツカセながらの何とも形容しがたい、しかし少し自信ありげな表情には、大袈裟に言えば、〈仕方ない〉ことを「強制」されながらも、「強制」を自らの内に取り入れて、主体的に克服したかのような気持ちが生まれているのではないか、などと思ってしまいます。

とはいえ愛に任せておくと、洗髪までには進みません。だからシャンプーをつけるところから洗髪はすべて僕がやっています。これは、自分の力だけでの洗髪は、まだまだ無理という感じだし、顔を両手で覆う習慣を大切にしてやろうと思ってのことでもあります。もちろん、この「習慣止まり」だといえばそうなのですが。

つまり、僕が愛の洗髪をするあいだ、愛は顔を両手で覆い、この状態を保ち続けることは「できる」ので、これはこれで僕には嬉しいことなのです。だから、「本当は自分で洗髪できればいいな」と思わないわけではないのですが、その思いはさほど強くはないのが正直な気分です。

僕が左手で愛の頭を洗いながら、右手でカランから洗い桶にお湯を汲み、頭を洗うついでに、愛の顔にも石鹸をつけます。「お顔、きれいきれい」と僕が言うと、愛自身も顔を両手でこすり、カランのお湯に手をつけ数回顔を洗います。

その後に、頭についているシャンプーの泡を使って背中も僕が手でこすって、「背中、背中」と言いながら洗い、愛も「セナカ、セナカ」と繰り返します。そして頭からシャワーをかけ、僕が髪の毛のシャンプーを洗い流しリンスをつけます。リンスのあいだも、同じく両手でずっと顔を覆うことができ、眼などにリンスが入ることを自力で防いでいます。

ここまででも、「たいした成長具合だ」などと、親の欲目で思うことがときどきあり、そうすると風呂の時間もより大切に思えてくるのです。

語りかけながら共同作業で体を洗う

次に僕の体をスポンジなどで大急ぎで洗うあいだ、愛はやはり、手桶で湯船からお湯を汲んで何度か体にかけます。ここでも左肩からのお湯かけは、放っておくと自分ではやらないので、先ほどと同じような言葉かけと愛の手の誘導をやります。

僕が洗い終わったところで、同じスポンジに若干石鹸をつけなおし、「台にお座りしようね」と言いながら、愛を座らせ、僕が愛の右肩から順番に二度ずつ、「肩、肩」と言い、ついで愛が「カタ、カタ」と言いながら洗います。次が脇の下＝マキノシタ、腕＝ウデ、お手て＝オテテと同じように続きます。こうして右側を洗い終わると、次に愛の右手にスポンジを握らせ、その手を覆うように僕の手で微妙に力を入れながら（愛一人の力では洗いこなせないので）、愛の首を「首、首」と言いながら、また愛がこれに応じて「クビ、クビ」と言いながら洗っていきます。

続いて左肩、左腋の下、左腕、左手、胸、お腹、という順番で、しゃべりながら洗っていきます。「脇の下」はやはり「マキノシタ」と言いながらですが。

これらは、半ば愛自身が自分の手で洗うのですが、半ばその愛の手を僕が微妙な力で動かしもしていて初めて洗えるので、愛と僕がいっしょに洗っていることになるし、また愛がしゃべるのは、僕の発語の鸚鵡《おうむ》返しが大半なので、愛の言葉も僕と一体なのです――一種の共同作業、共同の能力の発揮!

僕自身が楽しげな雰囲気のなかにいる

「共同作業・能力の共同性」といえば、たしかに聞こえはいいのです。しかし、他方で、本当は愛がもう少し自力で洗えるにもかかわらず、僕に頼りきっている状況で、しかも十数年はまったく同じようにも思えるので、時折は若干はイライラした気分に近い状態になっているのかもしれません。がその瞬間に、これもなぜだか分からないのですが、今ではそんなイライラな気分以上に、ある種の楽しげな雰囲気のなかに僕自身がいることに気づくのです。

それは、僕の顔を見ながら楽しげな表情での、「～リィー、イー、イー」等々の、愛の気分の良さを表現しているように聞こえるうなり声が続くなかでの共同作業だからかもしれません。

「セナカ、マキノシタ」等々と僕が言わせる鸚鵡返しの言葉だけでなく、この愛の自己表現の「言葉」の流れがあることも、何かしら心休まることなのです。

だから、当然にも、入浴は今ではさほど根気のいる作業だなどと僕は感じていません。いっしょに風呂に入っている「事実だけ」が何のひっかかりもなく、少しは充実した気分と共に経過していくだけです。そんな気分のときには、愛の発達がどうかなどは考えてないように思います。

鸚鵡返しのしゃべりで入浴は進む

体の左半分が洗い終わると、左腕から左手にかけてシャワーで流してやります。

次に、立って右の尻、脚を同じように洗っていきます。尻の場合は「お尻＝オシリ」を２回言うだけですが、脚を洗う場合は、脚の付け根から太ももまで、かなり体を曲げ、腕も曲げ伸ばしさせながら洗い、しかも脚は前も後ろも横もあるから、「脚《あし》＝アシ」が、４回、僕と愛の鸚鵡返しが続き、最後にまたの下も洗います。

これらも基本的には、僕が愛の手に微妙に力を入れて支えた状態で洗っているのですが、ときどき僕が手を完全に離すか力をかなり抜いて、少し愛だけの力で洗うようには仕向けています。しかしほとんどの場合は、申し訳ていどに手を動かしはしますが、力の入れ具合も洗う範囲も、愛一人だけに任せておくと本当に洗うところまでには至りません。だから、また僕が手をそえ直して微妙な力を入れながら、「〜リィー、イー、イー」といった愛の自己表現と、鸚鵡返しでのしゃべりのなかで、洗う作業が進んでいきます。

アシは「自力」で「ゴシ、ゴシ」

右脚を洗い終えると、左手にスポンジを持ち替えさせ、右の肩、腋の下（愛は、マキノシタ）、腕、手にシャワーをかけて石鹸を洗い流します。立ったまま、最後に左手にもったスポンジで、左の尻、脚を、右側と同じように洗います。これらを終えて、また愛の体全体にシャワーをかけて石鹸を流します。そして「台」に座らせて、今度は両足の足首、足の甲を、右側からやはり「足《あし》」と3回×2の6回は言い、愛も「アシ」と鸚鵡返しで言いながら洗っていきます。

足の裏を洗うときには、右足の裏の場合は左の脚に足をのせ、左足の裏の場合は右の脚に足をのせます。足の裏を洗うときだけは、言葉がなぜか「ごし、ごし」、愛も鸚鵡返しに「ゴシ、ゴシ」と言うようになっていて、この「ゴシ、ゴシ」は、僕があまり先ばしってしゃべらなくとも、本人の「自発的」発語が多いです。そしてこの足の裏だけは、洗う範囲が小さいためか、僕の手の支えなしでほぼ「自力」でこすることができます。

こうした、愛の「〜リィー、イー、イー」等々の表現と鸚鵡返しのしゃべりと一体の共同作業・能力の共同性の発揮は、当然にも最初は「強制」だったし、かなり楽しげな雰囲気でいっしょに洗えるようになった今でも、愛が本当にやろうとしてやっているかは分かりません。たぶん「強制」の要素は残っているのでしょう。しかし同時に、本当に、自然というわけではありませんが、当たり前のようになったこの入浴風景は「強制」などとはもっとも縁遠い、日常のひとコマでもあるように思えます。

風呂での愛の「〜リィー、イー、イー」等々のある種の楽しげなうなり声は、僕らには分節化された言語としては理解不能ですが、一種の「外国語」のように聞こえるくらいになっているかもしれない、などと思うこともあります。

タオルを洗って絞る「共同作業」

こうしてすべて洗い終わったら、シャワーのホースを愛にもたせて自分でシャワーを体にかけさせるようにします。若干はシャワーのお湯が出る方向を僕が愛の手を動かして変えながら。

愛は「台」に座ったまま、ときには立ち上がって、体全体を洗い流します。

そのあとで、僕が洗い桶に汲みなおしたお湯でスポンジを洗います。「じゃぶじゃぶ」＝「ジャブジャブ」といっしょに話しながら、愛の手を僕が微妙な力を入れて押しながら、しかし一応は愛は自分でもみ（押し）洗いし、そのあとで、「ぎゅーっ、ぎゅーっ」と僕が言い、愛も「グッー、グッー」と言いながら、タオルを両手で押し握るようにして絞ります。

このとき、まだまだ両手を回転させて絞ることのできない愛の手を、僕が両側からあるていど力を入れていっしょに押し、少しは手を回転させるようにして絞っていきます。いわゆる回転操作ができない状態なのですが、それはそれで仕方ない、と思っています。

このタオルを洗い絞るのも、本当に「共同作業」という感じ。絞り終わったタオルは、僕がたたんでタオル掛けにかけ、シャワーを止めて終了です。

湯船に浸かる・数の練習――いつのまにかできるようになっていること

最後に僕が先に湯船に入ります。入って少し待っていると、今では愛は、カランの湯を自分で流し、空になった洗い桶を「台」に斜めに立てかけます。これも長いあいだできなかったのですが、「お湯をジャーして、こうやって」と僕が言いながらやっているのを真似て、いつのころからかできるようになり、今では自らそうしています。いつ、どのようにしてできるようになったのか、をキチンと記録しなかったのは今でも悔やまれますが。

このあと、自分で湯船に入ってきます。湯船に入るのも最初は僕といっしょにしか入れませんでした。最初は徐々に手を引き、その後は体を少し引っ張るだけ等々、としていって、今では湯船の縁に自分の手を置き、これを支えに自力で湯船に入れるようになってきました。

浸かりながら僕が、お湯から、指を一本ずつ、人差し指、中指、薬指を出しながら、「一」と僕が言って、愛が「イチ」と言い、順次、二＝ニ、三＝サンと言うのを、5回は繰り返して、温もる時間を少しでも長くするようにしています。

これは、少しでも数の観念と言葉が育たないかなと思ってやっていることなのですが、愛自身は、湯船のなかの時間が長くなるので嫌がっているようにも見えますし、言葉を発するエネルギーを省略しようとしてか、声もかすかな場合が多いのです。なんせ、例の「リィーリィー、イーイー」等々の「自己表現」はけっこうしっかりした声を出しているのですから、数を言わせることがよけいに「強制」だと愛には思われているようにみえます。

それでも湯船に浸かること自体には慣れてきたようには思えるのですが、まだまだ湯船でゆっくりすることを楽しむ段階にはいたっていないと思います。

が何となく、それこそここ数か月は、お湯に浸かって体が楽になるという感覚が確実に育っているように思うのです。というのも、愛を湯船から出さないように、愛の脚に重ねている僕の脚の力をほとんど抜いていても、愛が湯船から出ようとする力は、あまり感じられないからです。もっとも、「イチ、ニ、サン」という愛の声が、あまりにもかすかな場合は、何度も繰り返させるので、そこには若干根比べみたいなところがあって、そのぶん、ゆったり気分は邪魔されているのでしょうが、それはそれで、良いことでもあると僕は思っています。

お風呂でのウンチ

しかし、湯船に浸かっているさいの「最大の難関」が、じつはまだあります。それは、今ではかなり減って、1か月に一度くらいになったことなのですが、大便のお漏らしです。いつのころかはもう忘れましたが、愛が風呂で大便をしそうになる仕草をいち早く「発見する術」(ここでは秘密)を僕は見つけています。ですので、その気配があったら、大急ぎで湯船から愛の体を引っ張りあげ、用意してあるイチゴの入っていたパックにさせます。体を引っ張りあげると、たいていは出かけた大便が一時的にとまることもわかっていますので失敗はありませんが、たまには失敗して、洗い場が汚れたり、下痢のさいにはより酷い状況になります。

赤ん坊などもそうですが、入浴時のウンチは、たぶん、気分が良くなりリラックスするがゆえのことでしょうから、大便をする愛もこのリラックス気分になっている、という良いことだとは思うようにしています。しかし、これは「思うようにしている」、というのが正直なところ。今ではほとんどありませんが、湯船に漏らしたときは、後始末や湯船を洗い直すことの面倒さのため、僕の「我慢」という要因が大きくなるからです。

愛からすれば、気分の良さの実感があるのだ、と僕が思えることも、これはこれで良いことだろうし、今では、「ウンチ、おトイレよ！」という僕の言葉を、「ウンチ、オトイレ」と鸚鵡返しで繰り返すので、愛も少しは理解しているのだ、と思うようにしています。

いずれ自分でできるように、順番を決めて体を拭く

湯船から先に僕が出て、脱衣場からバスタオルをとって、大急ぎでだいたい拭いているあいだに、愛がゆっくり湯船から出てきます。バスタオルで体を拭くのも、僕がやりますが、これも洗うときと同じように、愛自身の手にバスタオルを持たせてやるように、そろそろ変えていこうかとは思っています。

しかし、洗うのも自分で「やること」を億劫がっている状態なので、拭くことも「強制」するのは、まだよくないか、と思ってもいます。

拭くのは、やはり順番が完全に決まっていて、体の部位を、頭＝アタマ（これは数回）、顔＝カオ、背中＝セナカ、右から肩＝カタ、腋の下＝マキノシタ、腕＝ウデ、と言いながら。ここで次の手にいく前に、洗うときと同じく腕と手がいっしょになって「ウテテ」になることも多いです。

次が首＝クビ、胸＝ムネ、お腹＝オナカ、右のお尻＝オシリ、脚《あし》＝アシ（ここは3回は繰り返す）、足《あし》＝アシ、左の尻から足まで同じように拭いていきます。

この順番を決めているのも、愛がいずれは自分でできることにつながればと思ってのことですが、順番が決まっていること自体が、愛の生活のペース・リズムの一部をつくることになっているはずで、これはこれで良いと思っています。

これって「強制」なのかもしれないが……

風呂のさいの僕の言葉と愛の言葉とは、いつもまったく同じというわけではありません。ときには、幾つかの部位については、愛の手を覆った僕の手を動かすだけで、僕は言葉を発せず彼女の言葉を待つ場合もあります（1回の風呂で2～3回程度）。

また足の場合に、僕が「あ」だけを言い、愛の「アシ」という言葉を待つ場合もあるし（やはり2〜3回程度)、さらには、愛の目を見て、僕が口を「あ」の形にするだけで、声は出さずに「アシ」という声を待つ場合もあります。そうして少しでも、愛の自発的な発語ができるように「仕向けている」つもりですが、さほどの進歩はありません。

風呂での言葉かけは、以前はかなり意識的にやっていましたが、今では僕の習慣にもなっていて、何の気遣いもなくやっている、お風呂での習慣、本当に日常の「無意識的な生活」に近いものです。それに対して愛は、鸚鵡返しの言葉よりも、分節化されない「イッー」「ウリィー」等々の「言葉」を、自分の言葉として意識しているのではないかと思うこともあります。

もちろん、こうしたお風呂の日常は、僕は言葉を発するための練習としても、おおげさにいえば、位置づけてやってもいるのですが、愛からすれば、強制的に言わされている、という感じがあるのも事実のように思います。

だから愛は、腕と手とを「ウデ」、「オテテ」と言うべきところを、省略して「ウテテ」などと言って済ませようともします。そのたびに、僕が、「違うでしょ。腕、腕」と言って「ウデ」だけを、また「お手て」と言って「オテテ」だけを言わせようとするのですが……。また本当は、愛が風呂を楽しめるようになることをやるべきなのでしょうが……。

妻は、風呂での愛の言葉の練習について、ときどき「言わされているだけで、嫌がっているから、できるだけ鸚鵡返しの言葉は言いたくないのよ、だがら、オテテとウデをいっしょにしてウテテなんて言うのよ」、と僕に言うのですが、ちょっとくらい生活のなかに「強制」の伴う訓練があってもよいと思って、十年一日の如く、いや30年一日の如くの愛との風呂でよいのだ、ということにしています。

ちなみに、愛の乳房がかなり大きくなった今から15年くらい前に、一度、妻に「そろそろ、若い女性らしい体つきになってきたのだから、母親が風呂にいれたほうがよいのでは？」などと、言ったことがあります。同性介助、ということなのですが、「同性介助は施設などのことで、家族だから関係ないのよ！」、という妻の一言と、僕も「それもそうか」と思ったことで、愛との風呂は僕の係り、というままで今にいたっています。

実際、愛は、風呂での裸の付合いといった次元で、性を意識することはできないので、男親と風呂に入ることには、何も問題はないように思います。が半面、将来、親なき後のことを考えると、「どうかな？」とも思うこのごろなのです。

人とのつながりは肌の触れ合いからはじまる

▼藤谷　秀

性を意識している娘、洗い方がアバウトな私

竹内さんと愛さんとの入浴のお話、ただただすごいなぁと感心してしまいました。

一つには、性を十二分に意識している加奈なので、私といっしょの入浴は考えられないからです（温泉などに行ったときはもちろん加奈は妻といっしょに入ります）。そして何より、仮に体を洗ってやるとしても、アバウトな私は竹内さんのように丁寧に洗ったりはしないと断言できるからです。

かつて子どもたちが幼いころは私が入浴係でしたし、現在は遊びに来た孫たちを入浴させているのもたいてい私です。その洗い方は相当いい加減なものだと思い知らされ、竹内さんへの

賛嘆の念を抱いた次第です。そして、介護の場面では「入浴介助」などと言われますが、そんな言葉では言い表せない世界があると思いました。

特別な意味をもつ「触れる」

いちばん考えさせられたのは、肌の触れ合いということです。

加奈とのかかわりを振り返ってみると、「触れる」ということが特別な意味をもっていることに気づかされます。基本的には加奈は触れることを極度に嫌がります。コタツのなかで足が少し触れただけでも、「痛いっ」と言って怒り出しますし、ほんの少し体に触れただけでも、「ぶつかってきた」、「たたいてきた」と言って騒ぎ出すことさえあるのです。これは、とげとげしい気分のときで、ちょっとした刺激も突き刺さるように感じられるのでしょう。

ところが、前に書いたように、私への「お帰り」のハグはやらないと気が済みません。そして、ときには自分から私や妻の手を触りに来ることもあるのです。これは何だろうと思いますが、加奈の満足げな顔を見ると、こちらも安らかな気持ちになれます。

しかし考えてみれば、加奈に限らず、人が人に触れる、あるいは触れ合うことは特別な意味がありますね。見る／見られるとは異なり、触れる／触れられるは泰然と区別できず、自分と相手の一体性が生まれるような気がするからでしょうか。

哲学の授業で学生にこんな質問をすることがあります。

「罪を犯した罰として、神様が私から五感を奪うことになったのですが、お慈悲で一つだけ感覚を残してくれるそうです。みなさんだったら、どの感覚を残してほしいですか？」

決まっていちばん多い答えは、視覚です。

それもそうだなと思いますが、私自身は触覚派です。うまく言えませんが、触覚がなくなると、自分が世界とつながっている感覚がなくなるような気がするからです。そして、世界とつながっているということは、自分以外の誰かと同じ世界で生きているということでもあります。いわゆるコミュニケーションとはそういうことではないでしょうか。

こう考えると、コミュニケーションが苦手とされる自閉症の加奈が、触れることに対して過敏であることもうなずけます。と同時に加奈は、誰かと世界を共にしているという意味でのコミュニケーションを切実に求めているんじゃないかとも思うのです。

ここを話したい5 by 竹内章郎

男女共用更衣室や付添い人用トイレがあれば

　同性介助に関して感じていることですが、公共施設の、しかも障がい者の受け入れを謳っているプールなどはけっこう増えています。そうしたプール施設でも、更衣室は男女別になっています。こうなると、愛のような成人女性障がい者をプールに入れようとしても、女性介助者がいなくて男親しかいなければ、それは相当に難しいことになります。

　愛が中学生の初めのころの、まだ乳房など第二次性徴が目立たなかったころまでは、僕が男性更衣室で愛を着替えさせることができましたので、僕一人で愛をプールに連れていくことができました。それでも高学年の小学生などからは、更衣室で奇異な目で僕と愛は見られていましたが……。しかし、30歳も超えた愛を、さすがに男性更衣室に入れることはできないので、プールも妻の付添いがなければ行けなくなった、ということがあります。

　もちろん、愛が通うぃぶき福祉会の施設では、施設からときどきみんなをプールに連れていってくれますが、毎週というわけにはいきません。

　そこで提案なのですが、障がい者トイレ（多機能トイレ）が男女関係なく使えるように、障がい者更衣室をプールなどに設置してほしいと思います。そうなれば、僕一人で気楽に愛をプールに連れていけますので……。

　障がい者トイレも、そのなかに障がい者が使う便器とともに、付添い人も使える便器を設置してあればとても便利で、障がい者が用を足すあいだに、いっしょに付添い人も用が足せます。逆にそうしたトイレがなければ、本当に重度の心身障がい者などの場合、付添い人がトイレに行けなくなる状況すら生まれかねないでしょう。

　ほぼ毎週末ごとに愛といっしょに買い物に行く、岐阜市の市民生協の店舗の障がい者トイレには、男子小便用の便器だけですが、この仕組みがあるので、これは買い物のたびに、僕と愛は重宝しています。

「愛さん、くつはくよ」
片方ずつ自分ではいています。

(223ページ)

別のむきからです。

第7章　ファッションって考える？

オシャレをめぐる妻とのやりとり

▼竹内　章郎

スカートをはかせるなんて考えもしない

愛とは「普通の子ども」として接しているつもりです。とはいえ、32歳を「子ども」というのがすでに問題でしょうが。しかも、この「普通の子ども」との間柄という点では愛との関係には、やはりどこか「抜けていること」があるように思います。

僕の場合の「抜けている最大の点」は、彼女がかつて「女の子」であったし、今は「妙齢の女性」であり、そうしたこととかかわって、「普通の女の子ども」なら当然であるはずの、彼女のオシャレに僕がからきし無神経になっていることのようなのです。

重度障がいをもつ愛は、もちろん、自分からオシャレをしたいなどと言ったり、そうした要求を僕らに直接分かるかたちで表明することはありません。

このことは食べ物の場合とは対照的です。愛は自分の食べたいものが自分では開けられない袋などに入っていると、これを袋ごと僕らの顔に押しつけてきたり、ときには「タベタイ、タベタイ」を繰り返してそれ相応の要求を僕らにします。しかも、食べたくないものに対しても、僕らがこれを箸などで口にもっていっても、口を硬く閉じたり顔を背けて拒否の意志を明確にします。

そうした意志表明がないからといって済ませてはいけないかもしれませんが、愛の洋服やヘアスタイルといった基本的な身だしなみについては、僕は、清潔で小ざっぱりしていて「きちんと」していれば、それでよしとしていて、それ以上の彼女のオシャレにまで、そもそも神経がいきません。

日常の服装には、小さいころからスカートはほとんどなく、だいたいはズボン（せいぜいキュロットスカートまで）にTシャツのようなものばかりです。それは、とくに施設の〈いぶき〉で生活したり買い物に行く場合など、愛がしばしばすぐに脚を崩して座り込んだり、脚を広げてしゃがみこんでしまうので、男性職員や成人男性の仲間（利用者）、さらには世間にとって「風紀上良くない」ということがあるからなのですが。

このズボンばかり、という生活を僕は当然のこととしていて、スカートを愛にはかせるなど、これまでの毎日の生活では頭の片隅にもなかったし、今もほとんどまともには考えもしません。

オシャレにこだわる妻

しかし妻は、どうも本当はきれいで可愛いスカートをはかせてやりたいと思っていて、そうした思いがつねに意識のどこかにずーっとあったし、今もあるようなのです。

ときおりいぶき福祉会では、支援者たちの努力もあって、市民会館などで本格的なミニコンサートが開催されて出かけたり、仲間の成人や還暦などのときは、きれいに飾りつけた会を開いて皆で祝ったりします。そのような催し物や会では「少しオシャレしてきましょう」といった雰囲気というか、職員からの連絡があったりして、愛もたとえばレースの飾りと刺繍模様のブラウスを着て出かけます。

妻はそうしたとき、ブラウスとズボンとの組み合わせや、靴下の色とブラウスの色との関係に、半端ではない神経を使い、相当な時間をかけて考え、さまざまな工夫をしています。

毎日の生活では、愛はしばしばブラウスやTシャツなどの裾を手でたくし上げたりするので、妻はシャツやブラジャーなどにも相当に気を配っていますが、この点でも妻からすれば、僕の心配りには欠けているところがあるように映るようです。ときにはそうしたオシャレに時間を使いすぎて、施設のバスの待ち合わせに遅刻しそうにすらなるほどです。

そんな妻に僕は、「さっさとしないと、バスに遅れるぞ！」などと語気を荒げて言うことになるのですが、そのように言ってしまうことの背景には、「オシャレしても、愛も分かっていないのだし、意味ないのでは？」などといった僕の気持ちがあるように思います。

ヘアスタイルやオシャレのこだわりに隠されていることは？

愛のヘアスタイルは、あまりにも短いのは女の子や女性らしくないから、あるていど伸ばすように妻はしています。そして、髪を頭の後ろで二つに分けて、ゴムリボンで束ねることを以前からやっています。

この愛のヘアスタイルについては、たんにオシャレというだけでなく、食事のさいに髪をうまくかき分けて、口に入らないようにすることが愛にはできないので、衛生上のことも考えて髪を束ねているという理由もあります。

そのゴムリボンを、妻は、ビーズがついたものやチョットした花柄飾りのついたものなど、10種類を超えるほどたくさん用意していて、〈いぶき〉に通うときだけでなく、買い物や散歩で愛が外出するときには、日々取っ替え引っ替えしてつけてやっています。

しかも、このゴムリボンをつけるさいには、髪を左右にとてもきれいにえりわけることを、妻はひじょうに念入りに時間をかけてやるのです。そうするのは、愛の頭にある、ストレスの影響や頸椎の手術でできた脱毛をうまぁく隠す必要があることともかかわっていますが……。

時折、僕がゴムリボン付けをやるのですが、妻に比べるとうまくできず、髪のえりわけ方や脱毛の隠し方が少しでも下手だと、妻は相当な勢いで文句を言い、僕のやったゴムリボン付けをやり直すのです。もっとも、風呂上りで家での食事のときには、妻もそこまで気を遣って髪を束ねないし、外出時のゴムリボン付けに比べれば、かなり適当ですが。

そうした妻の姿勢は、彼女が、たとえば愛の定時排泄をキチンとこなすことや、野菜が苦手な愛に少しでも野菜を食べさせる工夫をすること、運動不足の愛に週末に一度は家族で散歩すること（僕が出張などでいない週末には、この散歩はしばしばなくなります）などといった、僕からすればゴムリボンの件に比べれば、はるかに愛の生活にとって重要なことがルーズになりがちな点と比べると、ある種驚くべきものがあるように思うのです。

僕自身、チョット束ね切れない髪が残ったくらいで、「定時排泄にはいい加減なくせに、リボンくらいの『よけいなこと』にいちいち文句を言うな！」などと、しばしば妻に文句を言ってしまいます。

しかし、愛のスカートやゴムリボンに関する妻のこだわりが意味しているであろう、「よけいなこと」だからこその心の余裕といったものの存在には、やはりキチンと考えてみなくてはならない大切なことが含まれているようにも思います。

オシャレ姿が僕たちの気持ちを豊かにし、そのなかで愛は生きる

もっとも、要は愛のオシャレ（いや身だしなみていど？）に、妻からすれば僕は無神経すぎるというだけのことかもしれません。母親らしいきめ細やかな心配り、と、父親の大雑把でオシャレに無関心な鈍感さとの相違、というふうに整理することもできるでしょう。そうした整理にもそれなりの意味があって、我が家の実際もそれで済ませばよいことかもしれません。

しかし、そこには、重度障がいをもつ人の生活・人生の真の充実や豊かさに通じる大切な論点があるようにも思います。ブラウスを着たりゴムリボンなどを愛がつけることは、ヒョットしたら、「愛さん、今日はオシャレだね」などと〈いぶき〉の職員に言われることに、親自身が自己満足するていどの、つまりは愛自身にはほとんど意味のないことかもしれません。

けれども、この親の自己満足とともに愛の日常もあるわけですし、「愛さん、オシャレが似合っている」といった職員の一言がもたらす雰囲気を愛が感じ取っていれば、愛のオシャレは単なる親の自己満足を超えた豊かな生活をつくりだしていることにもなります。

またこうした日常が、愛と親との日常のこまごましたいとなみ（営為）での朗らかさや、写真に撮った愛のオシャレ姿をあとで眺めるさいの、何とも言えない楽しさにつながってもいるのですから、親の自己満足も捨てたものではないかもしれないのです。

本来、オシャレなどは本人の考え次第だから、本人の意思が分からないことに親があれこれ口を出す必要もない、となってしまうと、愛にはオシャレいっさいが無縁のこととなってしまいます。

しかし、先にも言ったように、親の自己満足や職員の一言がもたらす雰囲気とともに愛は生き、生活していることを考えるなら、また、愛のオシャレに関する「能力不足」が親や周囲の人たちによって補われることが大切だと考えられるなら、さらには、オシャレした愛の姿が親の自己満足以上の、何がしかの豊かさや「能力」を与えているなら、愛のオシャレにも相当な意味があることは確かだと思うのです。

生きることに不可欠なことと「よけいなこと」が生み出す新たなパワー

さらに言えば、重度障がい者と直接のコミュニケーションが成り立っていない事柄を重度障がい者に行うさいに、周囲の人たちは当人たちに何をどのように行うのがよいか？　という問いも立てられるように思います。

トイレにしろ、栄養のあるものを食べることにしろ、風呂にしろ、着替えにしろ、愛との生活の大半は、じつは、たとえ「愛のため」を思ってのことであるにせよ、愛との直接のコミュニケーションを通してやられているのではなく、親や職員たちなどの周囲の志向をそのまま表すことを愛の生活としている面があります。これが、先に138ページで藤谷さんがパターナリズムとして取り上げた問題が生じてしまう原因の一つにもなるでしょう。

同時に、依然として親や周囲の人のいとなみ（営為）のただ中に愛自身の生活そのものを実現しなくてはならない、という面倒ながらもやりがいのある課題が、親などにはつねに突きつけられている、といえます。

トイレや食事や歩行の安全に気を配らざるをえない散歩等々の最低限必要なケアとは違って、愛のオシャレに関してはケアする側の、確かに感じられる「よけいなこと」をやっている感覚＝心の余裕につながる事柄だという面も、重要なこととしてあるように思うのです。

加えていえば、オシャレした姿を僕ら周囲の人に見せている愛の存在そのもの（＝存在する能力）が示していること、またそうして示すことが、僕らの新たな力（能力）を引き出すことがたくさんあります。* そしてこのたくさんのことは、何もオシャレした愛にかかわることに限られはしないように思います。

＊　オシャレ姿の愛を通じて僕は、これまで考えられてきた人間の多様性の内に、ダウン症候群や重度の知的障がいゆえに、「健常者」とはまったく異質なさまざまな特徴を示す愛たちの姿々が本当に含まれてきただろうか、などと思いをめぐらします。それにしても、もしオシャレが理解できたら愛は自分の生活をどのように感じだし、オシャレに気を配る親たちを愛自身はどのように思うのでしょうか。

親を鍛える力の存在

疲れて帰宅したときに「愛ちゃん、おかえりは？」と僕が言って、その後、鸚鵡《おうむ》返しに愛の言う「オカエリ」の一言は僕に本当にホッとした感じを与えてくれるし、いかにも嬉しそうに、また楽しそうに好物をほお張っているときの愛によって、僕らはいっしょに生活している充実感を感じることもできます。トイレで愛と睨めっこしながらいっしょに気張って過ごす時間も、忍耐といった次元を越えた「待ちの時間」の重要性と楽しみを愛は教えてくれているように思うのです。

また、買い物のさいなど、うなり声をあげているため周囲の注目を浴びて、今でも若干は親の僕らの気持ちを萎縮させることがある場合の愛でさえ、親を鍛える力を愛が与えてくれています。

こんなことまで考えるのは大袈裟かもしれませんが、これらのことと同じく、オシャレした愛の姿も、単に愛自身の生活の重要なひとコマであるだけでなく、僕ら親にとっても、僕らの新たな力（能力）にもつながるひじょうに重要なことかもしれません。

同時に、繰り返しになりますが、オシャレといった「よけいなこと」には、「オカエリ」の挨拶やトイレや食事や着替え等々の場合とは異なる、独自の生活の豊かさにつながる意味がある点も、大切なこととして頭に入れておかねばならないと思います。

手前味噌の話ですが、ここで言ってきたことの多くはまた、年来の僕の主張、「能力の共同性」の一場面の話でもあると思っているのです。

スカートははかない
——その理由《わけ》は?

▼藤谷　秀

「外見を気にする」という意識

加奈は、いわゆるオシャレとは無縁の生活をしているように見えます。オシャレは、自分の外見を意識（想像）すること、すなわち他人の目に自分がどう映っているのか意識（想像）することを前提としています。そのうえで、「きれい」とか「かわいい」というイメージに自分の外見を近づけようとすることでしょう。加奈はそういう想像を活発にはたらかせているように見えませんし、「きれい」とか「かわいい」のイメージはもっているものの（加奈のいう「きれいなお姉さん」は世間の基準と若干ズレている気もします）、それに自分を近づけようとしているふうでもありません。

普通オシャレのポイントとされているのは、お化粧とかマニキュアといった身体への造作と、服装やアクセサリーなど身に着けるものの選択でしょう。身体の造作について、加奈はお化粧をしたこともありませんし、髪を染めたり、マニキュアを塗ったりしたこともありません。

高校生のころから、髪を染め、目元をパッチリ見せるための造作を施していた妹とは大違いで、それに多少刺激を受けるかなと思っていたのですが、自分からやってみたいというそぶりも見せたことはないのです。

服装も、そもそもスカートはきたがらないし、見た目のきれいなややこしい服を着たいと言ったこともありません。いつも、ボタン掛けの必要のない上着に、ちょっとだぶだぶのズボンです。

加奈なりの「合理的」理由——楽がいちばん！なのか？

竹内さんのお連れ合いのように、もう少し親が気遣ってやるべきなのかもしれませんが、これはこれでとても難しいのです。何しろ、人から指図されるのが大嫌いなのですから。

一度、スカートをはいてみようかと水を向けたことがありますが、たちまち不機嫌になり、「そんなことはしたくないの、私は女の子みたいなのが嫌いなの！」と言われてしまいました。

彼女がオシャレをしないのには、それなりの「合理的な」理由もあるようです。まず何といっても、面倒くさい。自分の体にかかわることを誰かにやってもらうことに抵抗がある加奈にしてみれば、オシャレをしようとすれば、自分一人でしなくてはいけないわけで、たいへんな時間と労力が必要になると分かっているのです。

たとえば、ボタンのついた上着を着たがらないのも、脱ぎ着に時間がかかるからだと思われます。ヘアスタイルはいつもかなり短髪ですが（私たち親が勧めているわけではありません）、長髪にすると、洗ったり乾かしたり結んだり……、そうとう手間がかかると思っているようです。

少し伸びてきたかなと思うと、「髪を切りに行かなきゃ」と言います。そして、以前は美容院でしたが、最近は短時間でカットだけしてくれる床屋さんがいいようです。どれくらいカットしてほしいかを床屋さんに注文し、短時間のせいかおとなしく座っています。

また、アトピーで皮膚が弱いことを自覚していて、へたなものを体につけると湿疹が出そうだと思っていることも理由にあるようです。

さらに、とても寒がり、というか気温と体感が少しズレているようで、加奈にとっては寒くないように着込むことのほうが重要です。冬になると（春が近づき少し暖かくなっても）、何枚も重ね着して、南極探検隊かと思われるくらいにパンパンになっています。オシャレどころではありません。

反オシャレを見守ろう

ただこうしたことを加奈は、オシャレをしない理由として表だってあげているわけではありません。「女の子みたいなのは嫌」というように、オシャレをしないのは自分の選択だと主張するのです。

しかし本音はどうなのでしょう。先にあげたような理由だとしたら、本当はしてみたいけれど自分一人ではできないから、ということでしょうか。本当のところは、私にもまだよく分かりません。

最初に述べた、自分の外見を意識（想像）すること、すなわち他人の目に自分がどう映っているのか意識（想像）することは、社会生活と密接に結びついています。「よけいなこと」に見えるオシャレも社会生活を送るうえで意味があり、竹内さんが指摘しているように、「独自の生活の豊かさ」につながる意味があるとも思います。

このことを念頭におきながら、加奈の反オシャレをもう少し見守ってみることにします。

加奈の洋服・小物選び

加奈の着るものや靴は、妻と通販のカタログを見ながら決めたり、妻が加奈の希望を聞いて買ってきたりしています。ただ、こだわりはそれほどあるようには見えません。

本人に聞いてみたところ、「こだわりはない」と、次のように答えていました。

〈加奈の弁〉

洋服の好みはとくにないね。下着のTシャツは、月曜日は緑、火曜日は赤、水曜日は水色、木曜日は黄色、金曜日は紫、土曜日は白色、日曜日はピンクにしているよ。

かばんはたくさん持っているけど、キティ（の絵柄がついているもの）がいいね。リュックがいい。手が空いて、動きやすいから。

帽子も好き。今の帽子は、○○先生（高校時代の寮の先生）からプレゼントされたものだから。秀さんに買ってもらったタイガースの野球帽もね。それと、男物みたいなものがいい。男になりたいと思っているからね。（そういえば、子どものころ最初にかぶり続けていた帽子は「鹿島アントラーズ」の帽子でした。私からのプレゼントと彼女は言いますが、私自身の記憶ははっきりしません。）

靴は、やっぱり履きやすい靴がいい。歩きにくいのはダメ。色は、白か黒か紫。もしキティの靴があったらいいんだけど。

Ｔシャツと帽子はなかなかのこだわりだと思いますが、その他はどうなんでしょう。あるもののなかで、ちょっとしたこだわりをもって身に着けているように見えますが、私の気にしなさすぎで、よく分からないところです。

☆☆☆

それにしても、竹内さんもそのようですが、私自身があまりオシャレに頓着していないので、反省しないといけないかもしれません。

ちょっと脱線しますが、これには哲学の伝統も影響していそうです。すべての哲学とは言えないとしても、外見に対して内面とか魂を重視する哲学の伝統が強力だからです。哲学をやっている多くの人が、粗末な衣服を着て樽のなかで生活したディオゲネスという哲学者のイメージに縛られているのかもしれませんね。

これはこれで、哲学的考察のテーマにとっておくことにしましょう。

ディオゲネス…

第8章

好きなことはなに?

イベント大好き！
——いろんな人とかかわる楽しみ

▼藤谷　秀

加奈はどうやらイベントが大好きのようです。いやこれは、加奈に限ったことではないですね。私だって、あるいはたいていの人にとって、日常の繰り返される生活とは異なった時間として、イベントは楽しみです。

ここでわざわざイベント好きのことを記すのは、加奈にとっては、イベントにともなうストレスがけっこうあるにもかかわらず、だからです。

夏恒例の小旅行

毎夏、加奈と私と妻の3人で小旅行に出かけています。ほとんどが列車の旅ですが、見知らぬ駅での人ごみ、列車ダイヤに合わせた行動、周囲の乗客を気にしながらの長時間の乗車、初めての町の初めての道等々。いつもとは違った情報が次々と加奈のなかに飛び込んでくるわけで、いつも以上に過敏になり、奇声を発したり、違う方向に走り出したりと、私たちを慌てさせてくれるのです。それでも、毎夏のこの小旅行を楽しみにしているのです。

今年の夏も、1泊2日の小旅行に出かけました。旅行に出かけるときは、当日はスムースに出発しなければという思いが強くはたらくようで、1週間や2週間前から荷造りを始めます。今回も、1週間前くらいからゴソゴソと荷造りを始め、前日には誇らしげに準備万端を宣言しました。

加奈　明日の準備ができたからね。リュック1つにしたからね。（毎日施設に通うときも荷物が多すぎることを自覚しているのです――リュックに手提げ2つを持って、というのがしょっちゅうです。）

私　おっ、それならいいね。電車に乗るのも楽だしね。

加奈　（ニコニコ）これなら動くときも困らないからね。では、秀さん、お母さん、おやすみなさい。

とはいえ、今回はちょっとしたトラブル発生でした。当日の朝、いよいよ出発となったのですが、加奈はなかなか出かけられません――どうしてそうなってしまうのか、私にも分からないことが多いのです。そのうち出かける気になるだろうと待ってはみたものの、いっこうに出かけられそうもありません。

仕方なく、「じゃあ、留守番しててね。お金を渡しておくから。」とお金を渡し、本人も留守番すると言うので、私たち夫婦だけで出かけました。

ところが途中、何度か電話がかかってきて、自分もいっしょに行くというようなことを伝えてくるのですが、要領を得ません。そうこうしているうちに、JR「みどりの窓口」の職員さんから電話（加奈の携帯）があり、「お子様から○○行きの切符を作るように言われたのですが、いかがいたしましょうか」（その後のやりとりも含め、この職員さんの対応には感謝、感謝です）。驚いてその「みどりの窓口」に引き返し、無事に加奈と旅行に出かけることができました。

いろんな人と楽しめるプロ野球観戦

そのほかにも、プロ野球の観戦が大好きなイベントの一つです――加奈以上に私が大好きというべきかもしれませんが。

しかし、これもストレスだらけです。まず、1時間ちょっとは電車に乗らなければなりませ

ん。野球場で開門を待っているあいだは（自由席の場合は席の確保のために早めに並んでいます）、周りの人の声や視線が気になって仕方ないようです。そして、入場口での手荷物検査。バッグを開けたり、見知らぬ係員にバッグを触られたり、元通りに直したりと、ここは文字どおり関門です。

ただ、こうした関門を突破すれば、観戦はけっこう楽しめているようです。とくに楽しみにしているのは、一つは、野球場で売っている食べ物。「焼き鳥」とか「もつ煮込み」とか「おでん」などを、何やらビアガーデンで楽しい時間を過ごしている中高年のおじさん（私のことですね）のように、空の下で嬉しそうに食べています（いつも野外球場なので）。

そして試合が始まると、周囲に合わせて応援歌を歌い、点が入ると周りの人と応援バットでハイタッチして喜び合う、という具合に楽しんでいます――これも加奈以上に私が楽しんでいるのかも。

昨年の夏は、神戸への小旅行を企画し、私たちが応援しているプロ野球チームのホームグラウンドで観戦しました。このときは、私の勤めている大学の男子学生1人も加わり、加奈は大満足でした（試合には負けたので私は今一つでしたが）。というのも、小旅行と野球観戦というお楽しみイベントであったことに加え、同世代の若者と話ができたのですから。同世代に限らず、初対面の人と話をするのも、加奈の大好きな時間の一つなのです。

たとえば私の大学の学園祭で、初対面の学生ともこんな会話をしていました。

加奈　初めまして、こんにちは。お名前は？

学生　○○です。こんにちは。…藤谷先生は、家でも優しいですか、それとも怖いですか？

加奈　あんまり怒らないんで、そんな怖くないよ。でも、優しそうに見えて、怖いところもあるからね……

こんなふうに、楽しいおしゃべりが続いていました。人と話すのが大好きな自閉症の加奈なのです。

☆☆☆

脱線しますが、応援しているプロ野球チーム・阪神タイガースの帽子と選手のネーム入りリストバンドを、ずっと身につけていたときがありました。関西のチームなので、東京で（球場以外で普通に）そんな帽子をかぶっている人は皆無ですし、しかも黒地に黄色の文字なので目立ちます。

通行人が行きずりにチラッと見るらしく、それが自分への視線と感じられ、「障がい者」に見られたと不満を訴えていました。「その帽子が目立つからじゃないの」という私の話に納得したのか、やっと最近、普通の帽子をかぶるようになりました。

楽しい時間と空間を誰かと共有したい

このほかにも、通っている施設の月行事や忘年会など、イベントが大好きで、欠かさず参加しています。毎日食べられるわけではない食べ物を食べられる、というのが一番はっきりしている理由です――お刺身やお寿司が好きな加奈にとって、北海道旅行でウニやイクラを満喫できたのは最高だったようです。

そして食べることにこのうえない喜びを感じている加奈は、外食が大好きです。施設の月行事での外食や、妻と私といっしょの外食（たいていは大好物の回転寿司か焼き肉）をとても楽しみにしています。

外食は、見知らぬ人が大勢近くにいるので、加奈にとってハードルは高いのですが、食への欲望がそれをはるかに越えているようです——テーブル席の場合は、他の客がなるべく目に入らない席に加奈を座らせるようにしています。

焼き肉屋さんでは、まずユッケと馬刺しを注文し（生もの大好きですから）、その後一通りお肉を食べて、最後はカルビうどんで締めます。回転寿司店では、イクラ、ウニ、甘エビ、イカが欠かせません。

加奈が大好物のこうした食べ物は、家ではなかなか出せませんから、外食を楽しみにするのも無理ないですね。

ただそれだけでなく、楽しい時間と空間を誰かと共にしているということに大きな意味があるような気がします。嫌いなこと、苦手なこと、腹の立つことは、山ほどある加奈ですが、誰かといっしょに楽しめて好きになれる時間と空間が、少しでも増えてほしいと思います。

それにしても、ちょっと疑問なのは、自閉症の人はいつもどおりではない出来事への対応が苦手だとされていますが、どうして加奈はイベントが好きなのでしょうか。

おそらくこれは私の誤解なのでしょうが、自閉症を研究したいわけでもないので、あまり深く考えないことにして、加奈といっしょに野球観戦に出かけることにします。

好きな曲だけ聞けるｉＰｏｄで温泉気分

今加奈に欠かせないアイテムが、ｉＰｏｄです。これは、通っている施設の仲間に影響されて「のび太君」的に欲しがり、買ってやりました。

ただちょっと厄介なことは、パソコンを使って充電したり、曲を入れたりしなければならないことです。誰かからＣＤを借りてきては、私に「これをｉＰｏｄに入れてください」、バッテリーが少なくなると私に「充電してください」と頼んできます。施設にもパソコンがあり、どうやら職員にもそんなことを頼んでいるようです。

iPodでまったり気分

こんなふうに、好きなことをするために、いろんな人の力を借りたり、いろんな人とのかかわりがあるのは良いことだと思うようにしています――私としては面倒くさいという気持ちのほうが先立ってしまうのですが。

ところで、ｉＰｏｄはイヤホンで聞くので、気持ちを落ち着かせる効果もあるようです。何かの音や誰かの声に敏感に反応する加奈ですが、イヤホンをすれば、好きな曲だけ聞こえてきて、その他の音は遮断されますから。コタツに入ってｉＰｏｄを聞いている加奈の顔は、温泉に入ってのんびりしている人のように、穏やかなのです。

分かち合いの喜び

ときどき、自分で食べたい物を買ってきたり、お土産の食べ物をもらってきたりします。すると、決まって私と妻に「これ食べる？」と聞いてきます。妹一家が来ているときは、妹と連れ合いと子どもたち、そして妻と私に声をかけるので、なかなか食べ始められません。しかも1回だけでなく何回か尋ね、みんなの意思をしっかり確認してから食べ始めるので——もちろん「食べたい」と言う人には、とても嬉しそうに分け与えています。

どこかで、自分だけが独り占めするのは良くない、みんなで分かち合ったほうが楽しい、自分があげたことを喜んでもらえることはもっと嬉しい、こんな意識があるようです。

「イベント大好き」を支えている「能力の共同性」

▼竹内　章郎

藤谷さんの、「それにしても、ちょっと疑問なのは、自閉症の人はいつもどおりではない出来事への対応が苦手だとされていますが、どうして加奈はイベントが好きなのでしょうか」という文章と、これに続く言葉には、障がいや障がい者についての決まりきったイメージや、周囲の人と障がい者との関係の通常の理解とは、決定的に異なるとても重要で含蓄の深い内容が示されていると思います。

それは、僕もしばしば感じることなのですが、障がい者当人の真の姿をチョットした日常の一瞬に僕たちは感じながらも、「障がい者」の決まりきったイメージにとらわれて、この一瞬感じたことが、たぶんあまり記憶に残らないということが重要な問題だと思われるのです。

当人の真の姿は、障がい者当人の個性といわれることかもしれませんが、そうだとしても、障がい者について考えるさいには、次の二つのことには、留意すべきでしょう。

自分の都合で「人懐こさ」を使い分ける愛

一つは、障がいの決まりきったイメージにとらわれて、障がい自体（この障がいは少なくとも、251ページで示す意味での disability「以上」で、単なる impairment ではありません）にもかかわって成立する個性を含めて、当人の個性が見逃されがちだ、ということです。

もう一つは、かなり乱暴な言い方をすれば、障がいのイメージや特定は当然あり得るにしても、それは本当に限定されたひじょうに狭いところでしか成立しない、ということです。

前者の障がい自体にもかかわる個性に関しては、愛についていうと、ダウン症候群の一般的な把握のイメージ（定型）では、とても人懐こい特性を示すとされます。しかし愛は、父親の僕や母親に対してさえ、人懐こさを示すことを、TPO次第でいわば完全に「使い分け」、けっして常に人懐こさを示すわけではないのです。

家の万年床でハンカチをヒラヒラさせながらごろごろして、気に入ったアニメソング（ディズニー系が圧倒的に多い）を聞いて楽しんでいるときなどは、帰宅した僕がハグしたり「愛チャン、お帰りは？」などと言って接しようとしても、心底、迷惑そうに僕を避けて、ハグしようとした手を振りほどくし、言葉も惜しんで、例の鸚鵡《おうむ》返しの言葉なども、まず発しようとはしません。もちろん、誰にだって自らの世界に入り込んでいれば、他人との接触など面倒で避けたいといったことはあるでしょう……。

一方、外食時に食事が出てくるまでの待ち時間などで、多くの他人のいる前で愛に抱きつかれて、赤ん坊をあやすような仕草を「強いられる」ことは、僕としては避けたい気持ちがあるのです（もっともここ10年くらいは、そうした仕草を喜んでやっている僕もいますが）。

しかし、そんな僕の気持ちはお構いなしに、僕に抱きついたり、僕の太ももに頭を押しつけてきたり、僕の「食事、待っててね」という言葉に「マテテネ」と鸚鵡返しの言葉を楽しげに繰り返して、人懐こさを示すことが多々あります。

もし愛の気持ちに入り込むことができれば、愛にとっては、人懐こさをダウン症候群の特性として「押しつけられる」ことは、迷惑千万な話であって、TPO次第で自らが「選択して」示す、多くの人に見られる個性の一つだ、ということになっていると思うのです。

「障がいの存在」は限定されたところにある

障がいがじつは、ひじょうに限定されたところで成立している、という後者に関して言えば、たとえば「自閉症」の特性とされる「通常外」だとパニックになりがちだ、ということも、藤谷さんが喝破しているように、周囲の人々や環境とのかかわり次第で、したがってまた、そうした環境等々が当人にどのような気持ちをもたらすか次第で、「通常外」であってもパニックをおこさないどころか、気持ちよさや喜びをもたらすのです。

ですから、「通常外」ではパニックをおこしがちだという「自閉症」の特性は状況次第ではなくなるわけで、その限りでは「自閉症」はないことになると思うのです。

逆にいえば、パニックをおこすような状況とされる「通常外」も、そのあり方次第で、当人にとってはヒョットしたら「通常」であるかもしれない、といえると思うのです。

さまざまな人たちとの共同関係が生み出す「能力」

こうしたことは、またまた手前味噌で言わせてもらえば、加奈さんの「自閉症」というイメージ（定型）を超えている、「いつもどおりではない」イベントが大好きになれる『能力』は、野球観戦をはじめとするさまざまなイベントに、藤谷さんやお連れ合いが加奈さんを、「いつもどおり」といった日常ではないにしても、しばしば連れだし、そこでの経験があってこそ身についた能力ではないかと思うのです。

この能力はもちろん、しばしば繰り返されることで可能になって身についたというだけではなく、野球場等々での初対面の「いつもどおりではない」人たちと共に、「いつもどおり」のお父さんらが傍に同時にいるからこそ可能になる『能力』だと思うのです。

僕は、こうした周囲の存在との共同関係そのものが可能にしている『能力』＝共同的な能力こそが、加奈さんの「通常外」の「イベント大好き」も支えているのだ、と思います。

「とらわれ」を捨てて、ケアに「ふくらみ」を

こうした点からすると、ベテランのひじょうに優れた施設職員でさえも、障がい者当人とのコミュニケーション関係において、決まりきった「障がい」イメージにとらわれて、障がい者ケア等々において深めるべきこと（これは、個人の在り様が無限なので無限にあります）を見逃しかねない、ということが浮かび上がるように思われるのです。

愛は、右の靴（ただし、万能テープのようなもので留める仕様の靴のみ）は何の手助けもなく自力で履けますが、左の靴を履くときには靴の舌部分に愛の手を持っていってやる手助けがなければ、履くことができません。（190ページイラスト）

ですので、施設から出て上履きから靴に替えるさい、当人の気持ちに寄り添えば、なかなか履き替えが進まない状況でも、「靴履こうね」という話かけはもちろん、身体接触や上記の手

助け、多くの仲間で騒がしい玄関の靴箱の傍ではなく、静かな縁側で靴を履くようにするなどの工夫をすることで、自力で靴が履けるための環境を整えることが、かなりできるはずです。

けれども時間に追われて、一定時間、愛が自力で履き替えをするかどうかをみながら、「通常」の働きかけをしても、彼女が履き替えなければ、障がいゆえにできないと思われて、さっと誰かが靴を履かせてしまうことが多いようなのです。こうしたさいのひと工夫、たとえば「お父さんといっしょだと、履き替えているでしょ！」といった言葉かけとともに、靴の舌部分に手をもっていくこともいっしょにしてくれれば、どこでも自ら靴を履くことは可能なはずなのです。

こんなことを言うのは、ときどき施設に僕が愛を迎えにいくときに、僕といっしょだと、長年の「しつけ」もあって、よほどのことがない限り、愛は僕の声かけとチョットした手助けで、靴を「自力」で履き、僕との関係では、愛は靴が履けるという共同的な能力を示すからです。

こうした工夫が愛の靴の「履き替え能力」を実現するとすれば、日常生活すべてにおいて、障がい者のケア等々には無限といっていいほどのふくらみがありうると思うのです。

藤谷さんとご家族が、野球観戦や毎年の旅行等々のイベントで実現してきた加奈さんの、「通常外」の人々との交流や状況を喜び楽しめるということは、ある意味では、愛の靴の履き替えに成功しない場合とは比べものにならないほどの共同関係を、藤谷さんや家族が加奈さんとのあいだに築き上げていることになると思います。そしてそこには、障がいの把握の定型を超える、障がい自体の成立・未成立をも左右するほどの共同関係の存在・非存在、という重大論点があるようにみえます。

こうしたことは、「障がいの存在」がじつはひじょうに限定されている、ということを示していると思いますし、ある意味では、障がいの真の「克服」、つまり単なる損傷impairment（252ページ、四肢の欠損などの生理学的生物学的「異常」のこと）の解消ではない障がいの「克服」とは何かを僕たちに語りかけているようにも思います。

散歩は省エネ、食べることに全力投球

▼竹内　章郎

妻の炊き込み御飯とお肉とポテトが大好物！

　愛の楽しみは、「健常者」からすれば、とても少なくそれだけ見ていると、何とかして好きなことを増やしてやりたいと、以前はズッと思っていました。しかし、今ではそんなことで無理するより、今現在、本人の好きなことを可能な限りやれるように、また豊かにしてやろう、という感じになっています。

　彼女の一番の楽しみは、おそらく食べることです。とくに、肉類が大好きで、放っておけば、ステーキなど、２００〜３００グラムくらいは簡単に平らげてしまいます。それにハム、ベーコンなど。その他でも、グレープフルーツジュース、ポテト料理が好きですが、サツマイモはさっぱりで、まったく手をつけないのは不思議です。ジャガイモだけをより分けて食べるくらいです。

だから食は彼女の趣味と言ってもいいくらいです。他方で青菜を中心とした野菜類は苦手で、今でも自分から進んで食べようとしないことは多いですが、それでも食事のたびに、好きな肉類の前に野菜類を食べさせる努力を続けた結果、ホウレン草のお浸しや、キャベツの千切り、野菜炒め（肉入りですが）、マカロニサラダなどは、いまでは好物になっています。

オヤツの煎餅類やポテトチップス、それに妻の作る炊き込み御飯も大好物です。これについては、あまり食欲のない朝の起きがけでハムなどには手をつけないときでも、この炊き込み御飯だけはよく食べます。夕食時などは普通の茶碗に3〜4杯もお替わりもします。

加えて最近では、白い御飯も好きになってきたようです。小さいころあまり白い御飯に興味を示さなかったころから、御飯にヒジキの煮物や小魚の佃煮などを混ぜて食べさせたことが功を奏したのではないかなどと思っています。

食べることが好きでよかった

普通の人にとっては、グルメ志向などの場合を除いて、普通の食事自体を「趣味」などとは

あまり言わないでしょう。

しかし、僕たち親からすれば、重度の障がいをもつ人の多くが食が細く、食べることにも興味を示さないことなどを見聞きしていますから、愛の「食べること大好き」については、僕らが安心していることに加えて、食べる趣味があって本当によかった、この趣味をもっと豊かにしてやろうなどと思っています。

ただし、身長140センチあまりで、43キロを超えた体重増との闘い――生活習慣病の心配もあります――との兼ね合いで、愛の食べる趣味については、頭を悩ますことでもあります。最近ではとにかく、食べる前に可能な限り油を落とすことに注意しています。

食べることのほかにも、ほんの少しですが、愛の大好きなことがあります。

キャラクターのキティちゃんのハンカチは、つねに自分の手にもっていなければ落ち着かない――これはこれである種の「自閉的」傾向としては問題でしょうが――ほどで、しかもおそらく１００枚は超えるこのハンカチのなかから、毎朝、その日のお気に入りを探しだします。

ディズニーの音楽にＤＶＤ、それに妻がよく聞かせてきたからでしょうが、松任谷由実の音楽をハンカチをヒラヒラさせて、ゴロゴロしながら聞いたり見たりするのも大好きです。

愛との散歩――僕の心を見透かす「信頼」と「甘え」

一方、加奈さんと違って、愛は見知らぬところに出かけて楽しめる経験は、今のところほとんどありません。

僕と妻は、ときおり遠方への日帰り小旅行や、ときには1泊旅行などに愛を連れ出すことはあるのですが、なかなか愛が楽しめるような具合にはなりません。このあたり、加奈さんの話を聞いてとてもうらやましくなります。毎週末の愛といっしょの散歩にしても買い物にしても、決まった場所での決まったコースでないと愛が嫌がることが多いのです。

こうした点では、僕らも愛との関係で、まだまだ工夫の余地がいっぱいあるのですが、それでも買い物については、通常の比較的狭い市民生協を、ときには、一般の巨大スーパーに代えても、生協の場合と同じように、商品をのぞきこんだり触ったりする、ある種楽しむ愛の姿が見られることもあります。

ですから、愛のお出かけ全般に関しても、愛の「趣味」⇓個性にふれるような工夫は、そんなに難しくはないはずですが、それがなかなかうまくいかないところにも、僕らの悩みがあることは確かなのです。

省力散歩

愛の週末の日課に買い物前の散歩があり、これは、運動不足と体重増を防ぐためのものでもあります。

土曜と日曜は僕ら夫婦と3人か、ときには近所に住む祖父母を加えての5人で、多くは、車で十数分の大きな公園や畜産センターの一部を、ときには家の周りの神社の境内を通り、田んぼを見ながら歩きます。せいぜい1時間弱の、2キロあるかどうかの散歩ですが。

調子が良いときの愛は、手を引けば比較的トコトコと歩くのですが、それでも100メートルも歩けば、しゃがみこんだり尻を地面につけて数分は動かなくなります。両手を引いて「一、二の三」と声かけをして、ようやく立ち上がるのですが、歩きたくないと思っているとき（散歩の半分くらいはそうなので、けっこう無理に散歩させていることが多いのですが）などは、完全な全身脱力状態を「作って」、歩かせようとする私たちに抵抗します。

そうした散歩のひとコマにこんなことがあります。

「省力散歩」をしようとするためか、愛は坂とはいえない2～3度の登り坂になるだけで、しばしば前に進もうとしなくなり、そのときには通常、妻が手を引いたり愛と腕を組んで、僕が背中を後ろから少し力を入れて、手で支える感じで押すと歩き始めることが多くあります。

その状態がしばらく続くと、愛はほとんど意図的に僕の手にもたれ掛かった後傾の格好で、足

散歩をしているところ。
職員のうでを持って
いっしょに歩いています。

は動かしはするものの、ほとんど自分の力で前に進もうとはしなくなるのです。

そんな状態だから、僕が手の力を少し抜くと、後ろに倒れ気味になります。しかし愛は、どんな後傾状態になっても、自分が倒れないように僕が支え続けていることを見透かしているかのごとく、平気で僕の手にもたれ掛かってきます。

おそらく「普通の子」、それも幼児にでもなっているならば、どこかで自分で立った状態を保つような体の力の入れ具合になると思うのですが、愛は、そんなことがいっさいないわけです。もちろん、自分で木がバタンと倒れるようなことを、愛自らがすることはいっさいありません。倒れることへの恐怖心はもっているし、階段などの段差も分かったうえで歩くことはできるので、体が倒れることへの危害感覚（危機感覚？）はもちながら、このようなことをしているのです。

甘えられている「気持ち善さ」が生きる活力にも

僕はこれを、愛が親である僕を心底信頼しているがゆえのことだと思うと共に、他方でそこには親に甘えきっても許されることを見透かしているという、一種の愛の「狡さ」があると思っています。けれども、そうした信頼と甘えのないまぜ状態のなかに、大袈裟にいうとさらなる「発見」を僕はしたつもりになっています。

それは、愛の後傾姿勢自体には、たんに自分の親への信頼や甘えといった次元を超えた、愛のその状態を可能にする「能力の共同性」の成立が感じられる、という「発見」です。

なぜ「能力の共同性」かといえば、第一に、愛の後傾姿勢自体が、彼女の何とか立位を保っている力と僕が愛の背後から手で支える力とのいわば「合力《ごうりき》」として成立しているからですが、それだけではありません。

加えて第二に、たとえ甘えに等しい信頼でしかなくとも、愛の親へのそんな態度は、背後から支える僕に、愛とのいわば「精神的共同性」という充足感を与えてもいるからです。

そうしたなかに、さらには僕が愛から甘えに等しい信頼を得ているという、ある種の気持ちの善さを愛が僕に与えており、そうした気持ちの善さには、また、愛といっしょに行動（散歩）しているなかでの僕の活力（さらにはいっしょに生きようという気持ち）にもつながっていて、後傾姿勢の愛から僕が何らかの力を得ている、ということもあるように思うのです。

こんなことを思うのは、大袈裟すぎると多くの方は思われるでしょうが……。

第9章

誰もが考える親亡き後

活動の積み重ねにほのかな光を見いだす

▼竹内　章郎

不安が先に立つので考えない…ことにしたい

さて愛の将来について。

現在はまだ何とか、朝の寝起き、着替えから食事、排泄、風呂、生活行動すべてについて、他者によるケアを要する愛のケア（世話・介護）をあるていど家庭で行えますが、私たち親が高齢化したり亡くなったりして、愛のケアが「できない」状態になったら、いぶきのケアホームに入れることを望んでいる、というのが正直なところです。

しかし、僕らが愛のケア等々が「できない」――後述するように、この「できない」こと自体の意味がまた大きな問題ですが――くらい高齢化したり死亡したりした場合、すぐに愛がケアホームに入れるのか、といえば、その保障はまったくないのが現状です。

それは、91ページで述べたようなケアホーム建設・維持に関する制度的問題があるからですが、さらには、これもまた前述した、障がい者教育「先行」と障がい者福祉「後回し」とそこにはらまれる、教育による「自立」達成の論理があるからです。

こうした大きな現実が打破されない限り、愛の将来の生活保障の展望は開けないし、そんな現状を諦めをもって見つめるしかない、とも思っています。もちろん、この現実の打破のための、いぶきなどでの障がい者福祉運動には、力を尽くしたいと思っています。しかし当然のことですが、現在の運動自体が愛の将来生活を保障するとは限りません。だから、私たちの高齢化や死亡後については、あまり考えないようにしている、というのも正直なところです。死んだあとまで考えても、不安が募るだけなら考えてもしょうがない、などと思うわけです。

きょうだいに対してはどうなのかといえば、愛の妹と弟も、もう働いていますから、愛の将来を彼らに託すということもあるのかもしれませんが、そうしたことも考えないようにしています。もちろん、先にも少しふれましたが、彼らは愛と日常的に普通に接してますし、愛の将来について彼らと話をすることもあります。しかし、「将来はケアホームで生活できるようにしてやりたい、だから、お前たちは心配することはない」といったことしか、彼らには言わないようにしています。

愛の世話の無理強いは、彼らにとっても愛にとっても不幸だろうし、何よりもそんな無理強いは、彼らを貧困な公的福祉の犠牲にすることになり、けっきょくは貧困な公的福祉を免罪することになるので、そんなことは絶対にしたくない、とも思っているからです。

ケアが「できない」とは、どんなことを意味するのか?

それでもときには、愛の将来について思うことはあります。そんな場合にもっとも考えることは、そもそも、僕ら親が、愛のさまざまな日常のケアが**できなくなる**ということは、いったいどんなことを意味するのか? ということです。

現在の僕らの日常では、施設のバスへの送迎はもちろん、愛の食事も風呂も排泄も着替えもアミューズメントも、その他もろもろのケアは僕ら親が**できます**。

施設のバスへの送迎だけをみても、自家用車を使わざるを得ないので、僕たちがもっと高齢になって運転技能が怪しくなれば、これは**できない**ものになりますが、今は**できます**。

しかしこの**できる**は、たとえば重度の障がい者のいない家庭と比べるなら、相当な時間を愛のケアに割いているからこそ**できること**「でしかない」のです。もちろん、この「できること」は、単に仕方なくやっている義務ではなく——正直にいえば、義務的な面がまったくないといえば嘘になりますが、これまでにも書いてきましたように、楽しみや生活の豊かさを感じる面もたくさん含んだことではあります。しかし、こうして割かれる時間がなければ、より休息でき、より仕事が充実し、さらには趣味がより楽しめたりするのも事実のように思います。

つまり、かの**できること**は、他の何らかをいわば「犠牲」にしてこそ可能なことなのです。もっとも、誰の生活にも困難や苦労が伴い、その意味での「犠牲」がある、というのは当然でしょう。生活には誰しも苦労しているのだから、ということを考えれば、愛のケアに伴う「犠牲」をただちに、ケアホーム入所といった形に委ねようとすることは、ある種の「親のエゴではないか」、などと思うことすらあります。愛を本当に受け入れてないから生じる、いわば「育児放棄」に近い発想ではないかなどと思うこともあるわけです。

ケアホームか同居か、揺れ動く気持ち

それに今述べた「犠牲」の話とは矛盾しますが、愛とのいっしょの生活を本当に楽しみにしている自分に気づくことも多々あります。そんな場合は、愛をケアホームには入れたくない、少なくとも**できる**あいだは本当に愛との生活を続けたい、と思う自分がいるわけです。

だがそうなりますと、こうした自分の気持ちが大きくなって、愛のケアで僕たち親が**できる**

ことがものすごくふくれあがり、いわゆる趣味などはもちろん、仕事も最低限にして、このできることを人生のなかで最優先すべきだと考えてしまうような自分に気づくことにもなります。

ちなみに、こうした発想に「陥った」自分に気づくことは、福祉や教育という営みは「無限」なはずなのに、この「無限性」が多くの場合見失われている（市場主義の最大の欠陥の一つ）のではないか、という僕の発想にもつながっています。

正直にいえば、僕は今でも週に一度くらいは、かのできることを本当に最大化すべきだ、といった気持ちになります。こんな気持ちの一日は、それこそ仕事も趣味も放り出して、愛との時間とともに、家事中心の一日となります（ここに妻も登場しもしますが）。

もっとも僕の場合、長年の習慣で、今ではこんな一日はウイークエンドになることがほぼ決まっており、また、この一日の経験を、障がい者問題や平等主義などに関する僕の仕事に「ちゃっかり」生かすようにもなっていますから、話は単純ではないのですが。

こんな思いは大袈裟に聞こえるかもしれませんが、述べてきたような矛盾と動揺のないまぜになった気持ちのなかで僕が生活しているのは確実なようなのです。もっとも、必要があったらいつでも愛がケアホームに入所できることがはっきりしているならば（明確に保障されているなら）、それはまったく別のものになるとは思います。彼女の未来を心配はし、「いつまでいっしょに暮らせるか」などと思う気持ちはあるにしても、ひとつの心配はなくなるからです。

ですので、ときにはこの矛盾と動揺の気持ちに陥ることはあれど、生活実感として愛との日常生活を「安心して」淡々と営むことができるようになると思います。

こうしたことを考えると、障がい者の誰もが必要なときにはケアホームなどに入所できるような障がい者福祉は必須なのに、福祉の遅れのはなはだしい日本の現状に怒りが湧いてきます。

家族が「できること」だと誰が・どこで判断するのか

今一度ふれれば、僕ら親が愛のケアに関してできることを、どのていどのことだと判断すればよいのでしょうか？　そしてこの判断を、誰がするのでしょうか。当事者である僕ら親や障がい者本人に求めるのでしょうか？　現状ではそうでしょう。しかしそれは酷だとも思うのです。

なぜなら、このできることは、経済的・体力的・精神的に無理がこようと本人や親たちが「頑張れば」「頑張ってしまえば」、際限なく量的にも質的にもかなり膨大となり、相当に高齢化しても、愛との家庭生活は「可能になってしまう」ようだからです。

さらに、このように考えることは、家族が面倒をみるのが当たり前という、福祉の家族責任論を意図せずして、当事者である僕たちが実質的に導いてしまいかねないのです。こうした点で、まず個人や家族の自助で、これが駄目な場合にのみ共助や公助をやればよい、といった今はやりの福祉に関する議論は、まったく駄目だと思います。

こんなことを考えると、親自身の意図や好みなどはあるにせよ、できることやできないことの最初の判断は、障がい児者の親などに求めるべきではないと思われてきます。この判断はまずは、それこそ公的福祉の次元でのある種の客観的判断に委ねることが必要ではないでしょうか。

学校教育義務化と同じく、親たちが主観的にまだケアができるかどうかは別に、たとえば「〜歳くらいからはすべての障がい者のケアホーム入所などを可能にする」という制度にして、親たちが主観的に判断するケアができない状態とは無関係に、ケアホーム入所を可能にする客観的条件は明確にしておいて、入所するかどうかの「最終判断」だけを、親や障がい者本人に求めるようにすべきだ、ということが大切ではないかと思います。

これを本当に可能にするには、当然、障がい者に関する公的福祉をさらに発展せねばならないことになります。また愛と私たちの日常生活の在り様を熟知した、公的とはいえ行政主導に偏らない、本当に豊かな「専門家」を養成するなど、なすべきことはたくさんあります。*

なお、こうしたことは、いわゆる選択の自由についての＊部分で書いたような一般的な議論の誤りを転換させることにもつながる、と僕は考えています。

＊　これはなにも障がい者福祉に限ったことではなく、福祉一般について必要なことでしょう。別角度から言えば、福祉の客観性や措置制度自身が再評価され、発展させられねばならないでしょうし、さらには、福祉ニーズ全般の把握の仕方、つまりはかの**できること**や**できないこと**の把握をたんなる選択の自由論を超えて考えなおすべきでしょう。

それは、いわゆる申請主義一辺倒の福祉が官僚主義や権威主義的なパターナリズムを招く点で駄目なことや、契約利用制度の福祉が市場主義的になって駄目なことのほかにも、今の福祉の在り方には駄目なところがある、ということでもあります。

つまり逆説的なことですが、申請主義も契約利用制度も、選択の自由論にみられるように障がい者本人やその親たちによる福祉ニーズの把握に基づく、という一見「望ましいこと」と思えることに依拠しているからこそ駄目だ、ということにもなるように思います。

☆☆☆

もちろん、愛などいぶきの日中の施設に通う仲間（障がい者）に関しては、いぶき福祉会という「民間」社会福祉法人の努力とこれを支えてくれる2000人近くの後援会員の力により、ケアホーム入所がまだ実現してない仲間も3か月に2回のペースで、レスパイトケア（介護者休養支援）が保障されるシステムがあります。

さらには冠婚葬祭や親の病気等々の緊急時は100パーセント、仲間の生活を全面的に引き受けてくれるシステムもあります。このおかげで、昨年夏、僕の父が亡くなったおりには、翌日の通夜と翌々日の葬式を含め2泊3日間、いぶき福祉会がまるまる愛の生活保障を担ってくれました。しかも葬式自体には愛を出席させることも可能にしてくれました。

ですから僕らはおそらく、かなり恵まれているという思いもあります。そして、こうした思いと共に、いぶき福祉会やこれを支えてくれる日常的な小さな活動の積み重ねのなかに、愛の将来の生活保障のほのかな光を僕は見出せてはいます。

しかし、そうした光はもっともっと明るく大きなものにすべきだとも思うのです。

加奈の真意をくみとり、より添ってくれる人へ

――「こんな加奈ですが、どうぞよろしくお願いします」

▼藤谷　秀

「時が流れるだって？　ちがうちがう。時はそのまま、去っていくのは私たち。」（ドブソン）

というわけで、私たち親の人生も、残りの時間を数え始める段階にさしかかってきました。障がい者を子どもにもつたいていの親は、自分たちのいなくなった後のわが子の生活を考えるのでしょう。もともと楽天的な私でも、自分の死後、加奈はどうやって生きていくのだろうと考えます――妻とどちらが先に逝くかを争うことは別として。

ずっと自宅？…でも自力では生活できないし……

まずは、日常の衣食住のことです。

ずっと今の家に住んだほうがいいのか。もしそうなら、住みやすいようにリフォームが必要では（その前に自分自身の老後を考えるべき？）。

住むにしても独力で生活はできない。食事や掃除や洗濯、買い物はヘルパーさんに頼むのか。でも、そんな手配を誰がしてくれるのか。

それならいっそ、グループホームのようなところで生活したほうがいいのではないか――施設のアンケートで「グループホームがあったら利用したいですか」という問いに、加奈は迷わず「利用したい」と答えていました。

そして、お金のこと。

私の死後もまだ資本主義社会が続いていそうなので、どれだけお金をもっているかで生活が左右されるでしょう。多少の預貯金と障害年金があるとはいえ、それを誰に管理してもらうのか、始まったばかりの成年後見制度がどう使えるのか……、心配の種は尽きません。

大切なのは本人の意思

こんなふうに親としていろいろ心配するとしても、やはり大事なのは、加奈がどうしたいのかでしょう。そして加奈は、その時々では好き嫌いをはっきり言うので、その意思に沿って親亡き後の生活を送れると良いのでしょう。

しかしそうすると気がかりなのは、加奈の言うことに耳を傾け、その真意をくみとってくれる人がいるのか、加奈にとって何が良いのかをいっしょになって考えてくれる人がいるのか、ということです。加奈は、好き・嫌い、したい・したくないをはっきり言いますが、額面どおり受け取れないこともしばしばです——天の邪鬼の子どものような感じです。

たとえば、今通っている施設の「利用者」や職員について、あの人は好きだとか嫌いだと言い、いっしょにいたいとかいっしょにいたくないと言うのですが、本音は違っている場合も多いのです。たいていは、自分はあの人が好きでいっしょにいたいけれど、相手がそうでもないと、嫌いだ、いっしょにいたくないと言ったりします。

また、施設で気に入らない出来事があると、すぐに「もうやめたい、家にいる、どこか別の施設を探してくれ」などと言います。これも、そのまま受け取ることはできません。施設に行って、みんなとうまくやっていきたいというのが、本当のところなのです。

そして現在は、こういう加奈の言い分を私たち親が聞きながら、「ああしたほうが良いのでは」、「こうしたほうが良いのでは」と、いっしょに考えてやっています。しかし、私たちがいなくなった後、そういうふうに加奈とつき合ってくれる人がいるのだろうか、いちばん気がかりなのがこの点なのです。

準備しておけない「寄り添ってくれる人」

しかし、その他のことはあるていど準備しておけるとしても、加奈がどんな人と出会い、相手が加奈のことをどれだけ考えてくれるのかは、あらかじめ準備するわけにもいきません。そうすると、あれこれ考えても仕方ないという「結論」にいたります。

最初に書いたような、加奈が生活できる条件や環境をあるていど整えておいて、あとは、「まあ、誰かが何とかしてくれるだろう」という楽天的な「結論」に落ち着くのです。その誰かが、今加奈の身近にいる人なのか、私たち親の知らない未来に加奈が出会う人なのかは分かりませんが、その誰かに「こんな加奈ですが、どうぞよろしくお願いします」と言いたいです。

第10章

「障がい」という言葉と「障がいを受け入れる」とは？

――みなさんに考えてほしいこと

「障がい」にたいする考え・文化の貧困さ

▼竹内　章郎

言葉から受けるイメージ――「害」か「碍」か「がい」か

日本語ではこれまで多くの場合、障害物競走の「障害」と障がい者の「障害」とが同じ漢字で表現されることもあって、障がい者のきちんとした把握ができてこなかったことがあるように思います。

現在でも、「障害」という漢字からくる問題は大きいでしょう。それはとくに、障がい者の「障害」をたんなる「妨害物・邪魔なもの・無くて当然のもの」、といった観念を生んできたことに見られます。

ちなみに、障害物競走の「障害」は、英語ではハードル hurdle であり、ハードルという言葉を障がい者に転用するなどといったことは絶対にしません。しかし日本語では、この転用が当たり前のように行われてきたとも言えるくらい、障がい者の捉え方はいい加減なままであったのではないでしょうか。

もっとも最近では、そうした問題をきちんと考え、また2010年の常用漢字の改訂のさいには、「人への言葉としては障碍にしたい」という要望も出され、「障害」を、「障碍」として表現しようという動きもあったり、また「障がい」、と「害」の字を平仮名で表記して、障がいや障がい者に関して、「邪魔物」といった否定的ニュアンスを少しでも解消しようという動きはあるにはあります。

しかし、そうした試みも、「障害」に関する日本語や日本文化の根本の問題、さらには障がいや障がい者をめぐる差別・抑圧の問題の解決への基本視座を抜きには、あまり功を奏するとは僕には思えないのです。

「障がい」を三つの区分で表現する――損傷、能力不全、不利

少なくとも、日本語で同じ「障害」と表現されることも、損傷 impairment、能力不全 disability、不利 handicap の三つに区分し、それらの違いをキチンと把握することが必要で

しょう。

この三つの区分自体は、1981年から始まった国際障害者年の10年を契機に、それ以前のWHOやOECDなどでの障がい概念の規定を踏まえて、明確になってきたものですが、そこには、障がい問題に関して、日本語あるいは日本文化の貧弱さにたいして、英語などの外国語のほうがまだ、豊かであることが反映しているかもしれません。

多くの文献では、僕が「損傷」と「能力不全」と「不利」として訳し分けているところを、損傷impairmentを「機能・形態**障害**」、能力不全disabilityを「能力**障害**」、不利handicapを「社会的不利」と訳してきました。これらの訳では、「障害」を三つに区分して「障害」を規定し直す訳語のなかで、「障害」という用語がまた使われている点からして、僕は根本的に駄目だと思っています。

せっかく、日本語では曖昧な障がい概念をきちんと規定しようとしているのに、その規定のなかにまたぞろ「障害」という用語を使えば、論理学的にいえば結論先取りの虚偽になって、「障害」をさらに規定することにはならないでしょう。

ちなみに僕が、かの三つを損傷、能力不全、不利と訳して理解することが、もっともよい訳・理解だと考えているのは、次のようなことを考えているからです。

「損傷」とは、たとえば四肢の欠損、遺伝子や染色体の異常、筋肉の弛緩の不具合等々といった、いわば生理学的生物学的「異常」のみを指します。

他方、「能力不全」は、この損傷を原因とする単純な因果関係で決まるものではなく、生きる能力から理性的能力に至るまで、損傷と周囲の人間や道具（社会的生産物）やケアの態勢等々との相互作用、あるいは関係自体によって決まるものです。

たとえば、裸眼という生物学的次元での近眼という視力上の問題は、メガネなどによって能力不全ではなくなりますので、「障害」にはならない、といったことがあります。

人体実験がしらしめたこと——他者との関係性の重要性

他方極端な例ですが、13世紀のローマ皇帝フレデリック三世のやらせた人体実験は壮絶です。これは、ラテン語やギリシャ語のみならず古フランス語等々の多様な言語が使われていた神聖ローマ帝国で、かの皇帝が、赤ん坊に言語を教えなければ、その子はいったい、何語を話すようになるのか？　という疑問をもち、この疑問を、捨て子や戦争孤児となった赤ん坊を集めて育成する実験によって確かめようとした、酷い人体実験でした。

皇帝は養育にあたった人たちに、栄養、衛生、運動の3点においては完璧な「世話」を命じながら、いっさいのコミュニケーション、つまり、言葉かけはもちろん、あやしたり、ほおずりしたり、目を合わせたりすることいっさいを禁じたのです。その結果、赤ん坊たちは数か月を経ずして死んでいきました。

この酷い実験は、生理学的生物学的な条件がいかに完全でも、他者との関係性が失われると、「生存能力」という能力の根源自体が成立しないということを証明し、能力自体が他者性により、共同性としてのみ成立するということを示しているのです。

ナチスもこのローマ皇帝がやらせたのと同じような赤ん坊を使った実験をやり、同じ結果にいたったようですが、ナチスの実験目的は、強い兵隊＝人殺しに動揺しない人間を作るということにあったようです。

このように、生理学的生物学的次元では完全な赤ちゃんも、世話する周囲がコミュニケーション的環境いっさいを消去してしまうと、生きるというもっとも根源的な能力さえ能力不全となって死んでしまうのです。

また、フェニールケトン尿症（遺伝性疾患）という、放置すれば知的障がいが生じる障がいも、特殊なたんぱく質の入ったミルクで育てれば、知的障がいという能力不全の発生は防ぎうるのです。これらの点は、「能力の共同性」という議論につながっています。

ですから、能力不全、さらには能力一般は、原理的には、損傷を含む当人の生理学的生物学的な面と諸環境を含む社会との相互関係自体によって決まる、と思われるのです。

「不利」は環境を含めた社会がもたらすこと

三つ目の不利 handicap は、必ず諸環境を含めた社会がもたらすものですから、諸環境の在り方（社会）次第でいっさい生じなくなります。ですから、ことさらに「社会的不利」と訳すべきではなく、単に「不利」と訳し、不利をもたらす諸環境を含む社会を変えるべきものとして把握すべきなのです。だからこの「不利」は「差別」とほぼ同義だと僕は思っています。生活するうえでの、たとえば、視覚障がい者や聾《ろう》者等々が、アパートの入居を拒否されるとすれば、そうしたアパート経営を禁止する、もしくは、視覚障がい者等々のアパート入居のさいに必要となる諸費用を公費で負担するような制度をつくればよいのです。

障がいをもつ人 a person with a disability という表現

そして、述べてきた三つの区分と共に重要なことが、英語等での「障害」者の表現の変化です。酷い言い方である、白痴や魯鈍《ろどん》を意味する idiot や精神遅滞者を意味する mental retard といった言い方は論外にしても、英語でも障がい者は長らく、the handicapped とか the disabledなどと呼ばれてきました。

しかしこうした呼称だと、障がい者と呼ばれる人の「全体」が障がいに覆われている、といった把握になってしまいます。そう考えると、当然のことですが、障がい者だからといって、その個人すべてが障がいに覆われておらず、いわば健常者と同じ面をたくさん有するのに、英語のこの表現でも、こうしたことが忘れられてしまっています。

そこで、やはり国際障害者年と前後して、上記の三区分とこれが意味する障がいの一定程度の厳密な把握と相伴って、障がい者を、「障がいをもつ人」a person with a disabilityとする表現が登場してきました。90年代半ばから議論されて成立し、通常「全米障害者法」などと訳される法律名も、Americans with disabilities Actであり、正確に訳せば、この法律は、「障がいをもつ――より正確には、「能力不全をもつ」――アメリカ人法」です。

こうした表現になると、障がい者は、「能力不全をもつ人」であって、まずは、人＝personであることが前面に出てくるので、そのぶんだけ、いわば健常者との「差」が少なくなり、障がい者を特別視する度合いが減って、共生の姿勢もより強まるように思うのです。

「障がい」は障がい者から切り離されるもの

もちろん、そんな英語も、直訳して「障がいをもつ人」と訳すと、「もつ」という表現には、障がいを当該の人が何か「主体的に」選び取るかのようなニュアンスがあるので、「障がいのある人」としたほうがよいという意見もあり、これはこれでよいとも思います。

ただし、「障がいをもつ」、つまりは「障がいを所有する」、という把握には別の意義のあることも確認しておくべきです。詳しい話は省略しますが、要は、近代の所有論全般と障がい者、ないし障がいの把握との連続性が把握できる意義があるからなのです。

というのも、端的には近代社会は、所有者個人が所有する所有物とこれの交換から成り立つ社会としてまとめられる社会でもあります。が、交換される所有［物］は、交換のさいには、当初の所有者個人とは切り離される、という意味があり、この点が障がいや障がい者の把握ともかかわるからです。

それは、能力不全としての障がい自体が、損傷とは異なり、すでに障がい者個人の問題ではなく、損傷と他者を含めた環境との相互関係自体ですから、当該の障がい者個人から能力不全が切り離せる、という話とつながっている、ということです。

しかし、「障がいも障がい者から切り離される」などというと、普通は、「何と荒唐無稽なことか、障がいが障がい者から切り離されるわけがない」、と即座に反論されるでしょう。

「働くこと」で考えてみる

ここで労働時間や労働過程を考えてください。

能力の一部である労働力は労働者から現実に切り離されてはいませんが、労働時間や労働過程、労働の販売という点では、労働力は労働者主体から切り離されたものとして考えられます。だからこそ、労働を販売したり、労働が監督者の指揮命令下に入る、と把握されるのです。

このように、労働力についても商品一般の所有と同じく、獲得や販売が考えられます。そうした労働と障がいを所有［物］として同等視して、一つには、障がい者の人間ないし人格自体を障がいとは切り離して、障がいの有無に関係なく、同じ人間としての把握が進むわけです。

二つには、そのように切り離せる障がいを根拠に、「障がい者を差別することなどおかしい」という考え方を導くことができます。

三つには所有［物］として所有している限りは、たとえば障がい＝損傷 impairment にふさわしいケアや教育などを把握することもできるのです。これは、障がいの問題を無視して、

「障がい者も健常者も同じ人間だ」というのではなく、障がいをもつ限りは必要になるケアや教育を無視せず、同時に、障がいをもってはいても、人間・人格としては障がい者と健常者とは平等だ、といえることにつながるのです。

「障がい」は社会と個人との関係性

加えて言えば、障がい＝損傷 impairment に、真にふさわしいケアや教育の態勢を整えれば、いかなる重度の障がい者といえども、ケアや教育不可能な人など存在しない、といった理解と、この理解に基づく態勢の整備がより可能となるはずです。

もちろん、その時々のどんなケアや教育によっても、いかんともしがたい障がい＝損傷があって能力不全に陥ることはあるでしょう。だがその場合も、このケアや教育の態勢の不備こそが能力不全をもたらす、ということになりますから、能力不全の責任を障がい者個人に押し付けたり、能力不全を理由にした障がい者差別はできなくなります。

つまりは障がい者の能力不全 disability 自体は、障がい者個人の所有物ではなく、ケアや教育の体制の整備・不備との関係で把握されるべきものとなり、この点は、障がい＝能力不全の関係性⇓共同性という、先に述べた理解ともつながってきます。

こうして、先にも触れたように、能力不全自体をその個人の自然性（損傷などの生理学的生物学的異常）と諸環境との関係自体として把握することになり、この点を生かして、障がい者の把握を進化させることが可能になりもするのです。

こうした把握の端緒も、じつは国際障害者年行動計画のなかで、〈障がい＝能力不全は、まずは個人の問題ではなく、個人と社会との関係性 relationship の問題だ〉という形で少しはいわれていました。この理解を真に生かせば、能力不全のみならず能力自体も、単なる個人の所有物ではなく、関係性⇒共同性だということになります。そうなると、損傷が能力不全をもたらすとか、生物学的資質が優れた能力をもたらすといった単純な把握もできなくなります。

なぜなら、能力不全が生じるのは、障がい者の損傷によるものというより、この損傷をいわばカヴァーしきれない社会や環境全般の責任になるからです。また「能力が優れている」のも、その人の生物学的な資質に適した社会や環境のおかげだ、ということになるからです。

障がい＝個性論をどうみるか

ときおり「障がいも個性の一種だ」といわれますが、この「障がい＝個性論」も、障がいを損傷の次元、能力不全の次元、不利の次元のどれで考えるのか、これら次元に関係なく考えるのかで大きく違ってきます。

しかし、現代までの人類史の多くにおいては、三つの次元のどれで考えたとしても、障がい概念には否定的ニュアンスがつきまといます。そうした障がい概念を、肯定的ニュアンスで語られる個性概念と単純には同等視できないのではないでしょうか？

もっとも僕は、障がい＝個性論が絶対に、また永久に成立しない、とは思いませんし、ある種の狭い領域では、今、ここでも、能力不全としての障がいにかかわる振舞いなどについては、個性を見出すべき場合もかなりあるとも考えてはいます。

加奈さんの振舞いなどに関することには、本当に個性として認めるべきことはあると思います。それにたとえば四肢の欠損やホルモンの異常による小人症などについても、人間の在り様として、ちょうど背丈が、障がいなどとは無関係なのが当たり前であるのと同じように思われるようになれば、確かに、「障がい＝個性論」も成立するでしょう。

けれども、そのように同じように思われるには、人類史とその文化はまだまだ貧困すぎて、人間文化のよりいっそうの高度化が必要なのではないでしょうか。しかも、損傷や能力不全の次元でのその人の悲しみや苦しさ等々の感情や、これらの昇華といった問題もあります。そうした人間文化の高度化は、いままで述べた能力の共同性論が、真に受容される段階程度では実現しないのではないか、と僕は思っています。

能力不全自体の否定的ニュアンスの存在

なぜなら、たとえ能力の共同性論が広まって、能力不全も障がい者個人には還元されえない状況になっても、それが同時に、能力不全自体の否定的なニュアンスがなくなる状況とは必ずしもいえないからです。そこには、多くの場合、能力不全そのものの克服という課題が、まだ存続し続けます。克服すべき否定的ニュアンスをもつ能力不全に、肯定的ニュアンスの個性概念を当てはめるのは、いかにも不整合だからです。

しかも、そうした能力の共同性論ですら、今までの社会・文化のほとんどにおいては、決して受け入れられていません。能力の共同性論が本当に社会・文化に根付いていれば、個人の私的所有物として能力を個人に還元してのみ把握することなどは、基本的には克服されているはずでしょうし、個人の私的所有物が多いか少ないかによるさまざまな能力主義差別、さらには優生思想も克服されているはずです。しかし、現代までの社会・文化がそんな段階に到達していないことは、明らかです。

だから遠い将来に、障がい＝個性論を展望することはできるでしょうし、障がい＝個性論がほのかに垣間見えても、これが現時点で常に成立する、とはとても思われないのです。

「障がいを受け入れる」とは 自分の「欠陥」を認めさせる暴力かもしれない

▼藤谷　秀

「障がい」とは何なのか——加奈に説明できなくて

「障がいの受容」と言われることがあります。そして、加奈が直面している問題は、「障がいの受容」をめぐる困難というふうに語られてしまいそうです。

私自身、そんなふうに考えていたときもありました。『障害者手帳』（知的障がい者の療育手帳）の更新にあたって加奈が示した強い抵抗、バスの運転手に『障害者手帳』を提示することに極度に神経質になること、テレビのアナウンサーの声に「あいつ障がい者だと言っている」と反応してしまうことなどは、自分を「障がい者」と認めること、つまりは「障がいの受容」

をめぐる抵抗なのだというふうに。

しかし比較的最近になって、はたして問題を「障がいの受容」と捉えてしまってよいのかと考えるようになりました。よくよく考えてみて、「障がいを受け入れる」とは、何を受け入れることなのでしょうか。自分のなかに何らかの欠陥（機能的な、あるいは器質的な、あるいは……）があることを認めるということでしょうか。たいていの人ができることを自分はできないのだと認めることでしょうか。あるいは、この社会では自分は障がい者として認定される存在であることを認めるということでしょうか。

こんなふうに考えるようになったのも、加奈のおかげ（？）です。加奈に『障害者手帳』をもつ意味を納得させようとして、加奈には「知的障がい」と「自閉症」という「障がい」があるのだと理解させようとして、うまく説明できないことに気づいたのです。その根っこにあるのは、そもそも「障がい」とは何を意味しているのか、じつは曖昧だということでした。

こう考えたとき、竹内さんの指摘はとても示唆に富んでいると思いました。

「障がい」でくくられて見えなくなっていくさまざまなこと

第一に、本当はよく考えるべきいろいろな事柄が「障がい」という一つの言葉でくくられて

Convention on the Rights of Persons with Disabilities

The purpose of the present Convention is to promote, protect and ensure the full and equal enjoyment of all human rights and fundamental freedoms by all persons with disabilities, and to promote respect for their inherent dignity.

Persons with disabilities include those who have long-term physical, mental, intellectual or sensory impairments which in interaction with various barriers may hinder their full and effective participation in society on an equal basis with others.

【日本政府（外務省）による仮訳】

この条約は、すべての障害者によるあらゆる人権及び基本的自由の完全かつ平等な享有を促進し、保護し、及び確保すること並びに障害者の固有の尊厳の尊重を促進することを目的とする。

障害者には、長期的な身体的、精神的、知的又は感覚的な障害を有する者であって、様々な障壁との相互作用により他の者と平等に社会に完全かつ効果的に参加することを妨げられることのあるものを含む。

いるという点です。

ほんの一例ですが、２００６年に国連で採択された「障害者の権利に関する条約Convention on the Rights of Persons with Disabilities」の第一条は、囲みのように記しています。

英語ではdisabilityとimpairmentと異なった語が用いられていますが、日本語ではいずれも「障害」という語に置きかえられています。英語表現が事柄を正しく表現しているなどというつもりはありませんが、少なくとも英文を読めば、いろいろなことができないことdisabilityと、その人がもっている心身的な損傷impairmentと、社会参加を妨げられることとが異なった問題であることが示されていて、それらがどう関係しているのか考えるよう促されます。

しかし日本語ではすべて「障害」とくくられてしまうので、そうした問題に気づくことさえできないのです——ちなみに、「精神障害」や「発達障害」にかかわって用いられる「障害」は、英語ではしばしばdisorderという語が使われていて、これはdisabilityともimpairmentとも異なる意味合いを含んでいますね。

日本語の「障害」という言葉は、法制度上から日常生活にいたるまで、まるでそれが誰の目にも明らかな事実を表記しているかのように用いられているのです。そしてこのことは、理論的な問題というよりも、先に述べたように、加奈とのかかわりで切実な問題です。加奈にしてみれば、どんな意味で障がいを受け入れるべきなのか分からないのですから。

そして第二に、これも竹内さんの指摘から考えさせられたことですが、障がいという言葉自体きわめて曖昧であるにもかかわらず、さまざまな困難の原因がその人自身のなかにあるようにイメージさせるという点です。

「障がいを受け入れさせる」ということは、自分の存在自体に欠陥があることを認めさせるという暴力なのかもしれないと感じています。「一人でトイレに行けないのは、障がいがあるから」、「自分の意思をちゃんと伝えられないのは、障がいがあるから」、「仕事ができないのは、障がいがあるから」、「結婚なんか考えられないのは、障がいがあるから」といったふうにです。

今の社会には「できて当たり前」の境界線がはりめぐらされていて（おそらくそれによって労働社会である近代社会が成立したのでしょうが）、それができないと一人前の人間（社会の立派な一員）とは見なされないようです――あからさまにそういわれるわけではないにしても。

そして、障がい者がこの境界線を越えられないのは、本人の努力ではどうしようもない障がいを抱えているからだとされるのです。そうだとすると、障がい者は永久に「半人前の人間」ということになってしまいます。これはやっぱりおかしい。人間に、一人前も半人前もないはずです。

逆にいえば、障がいを受け入れさせるということは、自分の存在自体に人間としての欠陥があることを認めさせるという暴力なのかもしれないと感じるのです。

心深い覚悟をもちながら――全体を書き終わって

竹内章郎

五十嵐さんの巧みなリードによってここまで本が出来上がってきて、手前味噌になりますが、なかなか良い本になったのではないかと僕は思っています。もっとも、障がいのことを問題にしながら、今年2013年4月から「正式」に実施され始めた、新しい血液検査という簡便で、しかも精度の高い出生前診断に全く触れなかった点では、この本は物足らないかもしれません。ある調査では、出生前診断を受けた妊婦さんのじつに52%が妊娠前からこの診断を受けることを決めていた（『中日新聞』2013年7月18日朝刊）、ということですから、出生前診断は、障がいに触れる場合には避けては通れない話になっているのです。

ですが僕は、この本はすでに、出世前診断は推進すればよいのだと単純に考える人たちにたいしては、再考を促す内容になっていると思っています。なぜなら、障がい児者のいる生活が、素晴らしいとか、反対に悲惨だなどということではなく、ある意味では当たり前のことだ、ということを、この本は示せたと考えているからです。

そうしたことは別にしても、しかし、これまで書いたり話し合ってきたことを振り返って、藤谷さんの話と僕の話の両方を一緒に眺めてみると、僕自身の話については、自分で書いたり話したりしているにもかかわらず、少し「違和感」というか、僕自身にとっても「不思議な感じのすること」があります。

☆☆☆

それは何か。

藤谷さんは、加奈さんがかかわった学校や施設などの先生や職員さんたちと加奈さんとの交流やコミュニケーションの話はもちろんのこと、交番のお巡りさんにせよ、道行く人にせよ、初めて球場であった応援団の人にせよ、偶然に加奈さんとかかわることになった見知らぬ第三者との交流をも重視した議論、さらに言えば社会や世間とのかかわりを強く意識したことを多く記しています。

それに、加奈さんのみならず兄弟の将来生活全般についても、親から「自立」するのが当然で、「自立」のためには多くの他者や世間を頼って生活していけばいいのだ、という藤谷さんの姿勢が貫かれているように思います。そこには、見知らぬ第三者や世間が、そうであるからこそ、家族などでは及ばない意義ある存在にもなりうる、という藤谷さんの深い洞察もあると思います。そしてまた、〈私〉の存在と〈あなた〉の存在との相互の分ち難さを、さらに広い世界・世間とのつながりに関連づけて藤谷さんが、長年一貫して強調して書いてこられたことも、この本での藤谷さんの話には具体的に生かされているように思います。

これに対して僕の話は、愛と僕との、また若干は僕の妻との直接の細部にわたる関係にこだわった話になっています。学校の先生や施設の職員や行政の人たちに触れた話でも、そうした他者が愛とどうかかわってくれたか、という話にまであまり発展していません。そうした他者がいるなかで、僕たちと愛とがどうしてきたか、またどうすべきか、といった話になっています。

ましてや大切なだけでなく僕自身もそれなりに一生懸命にやってきたつもりの、障がい者運動の話にもあまり触れず、僕や妻と愛とのかかわりのなかでの些細なことを中心にした「二者間の話」が多く綴られているのです。

☆☆☆

そうした違いが出てくるのは、確かに愛と比べればはるかに活動的で行動範囲も広く、世間との交流が日常的に豊かな加奈さんにまつわる話と、一人では「主体的に」世間と接することもままならない愛に関する話とは、自ずと異なってくるからなのかもしれません。この点はまた、本書で取り上げた「障がいの軽重の話」とかかわっているのかもしれません。

しかしそれにしても、いぶき福祉会の設立前から、20年以上にわたって施設運営から職員採用や職員教育なども含めて障がい者運動にかかわり、障がい者の問題や「弱者」の問題を社会変革のなかに位置づけて書いたり発言してきたはずの僕からすれば、この本で僕が書いた主たる内容は、そうした運動や、運動が必然的に生み出してきた多くの世間の人たちとの交流や社会変革の課題などを脇に置いた話になっています。

☆☆☆

なぜ、僕の話は、そんなに「二者間の話」になっているのでしょうか？　理由は三つあると思います。

まず一つ目ですが、障がい者福祉を充実させ、さらには障がい者の解放をも目指す障がい者運動は、確かに当事者たちの要求を満たす成果を勝ちえることはあります。実際、愛は、そうした運動の成果によって、毎日、通所施設に通うことができるようになりました。また、おかしな社会を変えようとする議論や運動によってこそ、少しずつではあれ、障がい者の暮らしやすい世の中になっていくことも確実だし、そうした実感は僕にもないわけではありません。

けれども運動の成果は、運動している当事者が生きているうちに実現するものばかりではありません。愛に関していうと、とくに将来の親亡き後の生活保障の実現を目指して僕らが運動に取り組んでいるとはいえ、その実現がここ数年や10年ていどではむしろ実現しない可能性のほうが高い、と思わざるをえない現実もあるわけです。

また僕が書いたり発言してきた「弱者」や平等の議論も、遠くの将来での改善や改革にはつながるかもしれないものではあっても、今ここでの即効性のあるものではありません。もちろん、理論というか学問にはそういう面が付き物かもしれませんが…。

運動とその成果がどうしても脆弱さを持たざるをえないことや、「弱者」や平等の議論がすぐには実現しない現実を考え、またそうした現実のただ中で愛が生き続け生活し続けなければならないということを考えると、どうしても、最後の最後のところでの、親や家族の諦念と入り混じった覚悟のようなものが、心中に湧いてこざるを得ないようなのです。そんな覚悟を心深くにもちながら、僕は愛との日々の生活を送っているのかもしれません。でもそうした覚悟は、下手をすれば、福祉や社会保障の家族責任や個人責任を当たり前のものとしてしまうような、問題のある保守的な思想につながりかねませんから、よほどの注意の必要なことだと思ってはいます。

もう一つは、本文の9章の239ページにも書いたことですが、できるだけ家族がいっしょに生活するほうがいい、というふうに僕は考えてしまうことが、かの「二者間の話」の偏重につながっているように思います。ましてや愛のような「重度」の障がいをもった子どもの場合は、成人という区切りで家族から離れてしまうのは、「可哀想だ」と思ってしまう自分が、「二者間の話」を強調させているようなのです。

☆☆☆

三つ目は、また最後にどうしても強調しておきたいことでもあります。僕にはいまもって、見知らぬ第三者に頼るどころか、真に愛にとって大切な「第三者」が本当に登場してくるのだろうか？ という不安感があり、さらには諦めや疑念といったことを思わざるをえないところがあります。そう考えると、現状のままで、いきなり愛を世間にいわば「託す」ようなことは、とても無理だ、と思ってしまうのです。

それは、本書の223ページでも述べたように、愛のような重度の知的障がいをもつ人たちとのコミュニケーションというか接し方というかかかわり方が、毎日の生活を共にしているはずの親の僕らやベテランの施設の職員たちにも分からないことが多すぎるからです。

つまり、愛の内面を理解できるようになるためには、彼女の日常生活の衣食住のほんの些細なことについても、また、感情や欲求の在り方のひとつひとつについても、まだまだ本当にたくさんの探求や研究が必要になるわけです。分からないことが多すぎるために、なかなか、愛との本当のかかわりが生まれないということは確かだと思うのです。

そうだとすれば、まずは、そうしたコミュニケーションや交流の、一見些細とも思えるような内実に立ち入って、そこでの彼女たちの欲求や望み等々が分かるようになることが、もっともっと取り組まれるべきだと思うのです。

もちろんこうした取組み自体を、本当に現実のものにしようとすれば、それは、「二者間の話」や単なる家族や施設職員の個々の努力などですむ話ではありません。施設経営の安定から職員の待遇向上や労働条件の整備、さらには取組み自体を進展させるための研究や行政との交渉等々といった大きな障がい者運動が、さらには社会保障の真の充実が、一見、些細に見える「二者間の話」を真に実現するうえでも必要なのは確かです。つまりは、僕が「二者間の話」と言ってきた話と大きな社会・文化的な運動とを本当に結び付けねばなりません。

そのためにも、些細だと言われかねない当事者同士の取組みをていねいに記述し、他者に理解してもらうことを重視しなくては、他者や見知らぬ第三者が愛とどのようにかかわればよいのかということが想像すらできず、当事者の「二者間の話」とこれを本当に実現するための大きな障がい者運動との結びつきも、真には理解されないのではないでしょうか。

☆☆☆

「神は細部に宿る」という言葉がありますが、一見、私的で些細な細部のことでしかないように見える事柄の内側にも、社会・文化全体にかかわるような大きな障がい者運動のあり様が宿っている、と考えたらよいのかもしれません。もっとも、この「書き終わって」で書いてきたことには、僕自身が抱える葛藤のようなものの私的な独白という面が多いのも確かです。でもそれも、少し前のある哲学叢書の次のような、編者の巻頭言の精神とはピッタリ一致するように思っています。

「現代では、世界のラディカル（根本的・竹内注）な批判は個人の生活のラディカルな批判でもある。視点をずっと高い位置にもっていくことと、個人の内面をより深くえぐることが非常に近い作業となる、そういう時代にわれわれはいる。哲学が現実と格闘すべきときだ」（尾関周二・後藤道夫・佐藤和夫編『ラディカルに哲学する』全5巻、大月書店、1994〜95年）。

言わずもがなでしょうが、現在の僕たちが当たり前のように享受している、たとえば個々には問題はあっても、すべての障がい児者に学籍が保障されるようになったことや、学卒後に障がい者が通ったり生活する場が以前に比べれば充実してきたことは、かつての障がい者運動に一生懸命に取りくまれた先人の努力の賜物です。

ですから、現在の僕たちのさまざまな取組みも、今すぐには成果が得られなくても、将来のより善き社会や文化につながる社会運動であれば、そこに大きな意味があるはずです。

「書き終わって」にしては、クドイ話になってしまいましたが、僕自身としては、ここで述べてきた見方・考え・精神に沿って、今後の愛との生活も、勉強も、世間や社会との付き合いも、障がい者運動もやっていきたいと思っています。

こうしたことを改めて深く考えさせてくれた編集者の五十嵐さんに、また藤谷さんや加奈さんや愛に、そして出版に賛同してくれた連れ合いにも感謝しているところです。

2013年8月

社会が変わるということは——あとがきにかえて

竹内さんと私が互いに親しく話すようになったのは、竹内さんが社会福祉法人の設立に取り組んでいることを知り、私も多少なりとも協力したいとカンパをしたときからだったと思います。

そのころ私は、まだ娘の障がいに直面してはいませんでした。そのため、竹内さんの研究と社会活動をわが事として受け止めることはなかったのですが、その問題提起の鋭さと精力的な仕事ぶりを、尊敬の念をもってみていました。その後、私が娘の障がいと向き合うことになり、竹内さんの論考から学んでいたことが大きな役割を果たしたと思います。

そして、全国唯研の会議の休憩時間に、娘の携帯電話買換え事件のことで竹内さんに相談したのが、「障がい者の親」という立場で話をした最初でした。ただ、それ以降、この本の企画が持ち上がるまでは、お互いの娘のことを立ち入って話し合うということはありませんでした。

この出版企画のお話をいただいたとき、正直なところ戸惑いました。いくつか理由がありましたが、一番大きかったのは、加奈と自分自身のことを公にして何か意義があるのかと思ったからです。障がいをもつ子どもの親であれば、たいてい誰でもやっていそうなことしか自分はやっていないし、そうした生活をふまえた深みのある話も（理論的な話も含めて）できそうもない、と。その思いは、書き終わった今もくすぶっています。それどころか、けっこう偉そうなことも書きましたが、実際には反省すべきことや分からないことのほうが多い毎日なのです。ただ、本というものは、読んだ人がそれに価値を与えてくれる面もありますから、読んで良かったと思う人が少しでもいれば幸いだと思うことにします――何を能天気なとお叱りを受けるかもしれませんが。

とはいえ、私自身にとってはとても有意義な機会となりました。平均すると3日に1回くらいの割合でトラブルを起こす加奈との日々のかかわりについて、少し距離を置いてふりかえることができたからです。

☆☆☆

つい先日も、加奈から半泣きで電話がかかってきました。

「利用者の〇〇さんから『うるさい』と言われ、私もキレた。今日はもう家に帰る！」

どうしたのだろうと心配もしますが、今仕事中なのに厄介な話だなといった思いもよぎり、いやいや加奈は辛い思いをしているのにと、私のなかで葛藤が起こります。そして、帰宅してからとりあえず話を聞いたり、施設職員に連絡をとったりと、その時々の対応をしながら日々が過ぎていきます。こんな毎日の生活のなかで、加奈にとっての生活、とりわけ社会生活とは、人生とは、そして私自身はそれをどう受けとめているのか、こういったことを考え直してみる時間はなかなかありません。しかし今回の執筆で、日々の生活や、これまでの歴史をふりかえることができましたし、そこからいろいろな気づきや考え直したことがありました。

改めて思ったことは、周囲との関係でいろいろな問題が起こるとき、いちばん辛い思いをしているのは加奈自身だということです。こんなとき周囲の人々（私もその一人）も困り事を抱えることになり、この困り事を取り除きたいと思います。厄介なことを抱えたくないと思うのは、当たり前のことでしょう。しかしこの視点だけだと、当の加奈はただただ困った人、厄介な人ということになってしまい、人とのかかわりから排除されかねません。確かに厄介な問題を引き起こす存在ではあるけれど、いちばん辛い思いをしているのは加奈自身だという視点をもつことが大切だと思うのです。そして、この「当人の視点をもつべきだ」というのは、道徳的義務というよりも、加奈とのかかわりを通して学ぶことができたことだと思います。もちろん、「厄介だな」というエゴイスティックな思いがなくなったわけではなく、右に記したように葛藤もあるのですが。

それから、加奈の歴史をふりかえってみて、少しずつかもしれないけれど、彼女自身が学んだり成長しているということに気づきました。お金の計算が少しはできるようになったと本文に書きました。これは、特別なトレーニングをした結果ではなく、お小遣いを自分で「管理する」ようになって、自分で学習したことなのでしょう。パニックを起こしたときの行動にも、変化がありました。

以前は、私や妻に向かって物を投げつけたり、ドアのガラスを割ったりということもありましたが、今は、パニックになるとたいてい自分の部屋に入り、大声で怒鳴ったり、部屋のなかで何かを蹴飛ばしたりしています。パニックを起こして誰かに危害を加えるといけないという思いが出てきたようです。もちろん、こういうパニックもないにこしたことはないのですが、加奈のなかでの成長だと思います。

その他、生活の細々としたことのなかで、周囲とのかかわりのなかから生まれた学びや成長が見られます。日々の生活に追われていると加奈の成長に気づかないことも多いですが、こうして歴史をふりかえってみて、時間はかかっているけれど、適切なかかわりがあれば確実に変化していくものだと実感しました。

☆☆☆

そして、本書のきっかけにもなった「障がいの軽重」という問題。「障がい」が、当人と周囲（社会環境や社会制度も含めた）との関係によって生まれるという考え方に立てば、軽い重いは、当人の内部にある不具合の軽重ということがありながらも、周囲との関係の仕方によって変化する軽重でしょう。車いすを使わないと移動できない人は、バリアだらけの環境や適切な移動支援がない場合は、「重い障がい（ハンディキャップ）」を負います。逆に、バリアフリーの環境や移動支援が整えられていれば、それほど「重い障がい」ではなくなると思うのです。

加奈の場合で言えば、加奈が備えている能力を抽象して取り出すと、比較的「軽い障がい」だと思われますが、周囲が加奈とのやりとりの機微を理解していないと、パニックなど、対応に困り果てる「重大事態」を引き起こすのです。やはり、本人の生活のしづらさ、生きづらさは、周囲とのかかわりによって生まれるという視点が欠かせないと思いました。

☆☆☆

最後に、竹内さんと愛さんとの日々のかかわりをうかがっての感想を一言。

竹内さんが日頃取り組んでいる障がい者運動や、現代の社会・文化に対する理論的批判的研究を知る私としては、それらが、愛さんとの日々のかかわりに裏打ちされたものだと思い知りました。

ベティ・リアドンという平和運動の思想家が、「自分自身を変えられなくて世界を変えることが果たして可能だろうか」と述べていました。彼女は、人種差別・性差別の社会を変えていくには（世界を変える）、社会制度や政治制度が変わらなければならないけれど、そのためにも私的レベルでの人間関係も変わらなければならない（自分自身を変える）と強調したのです。大事な視点だと思います。

私たちは、障がい者の排除や差別が依然として根強い社会に生きています。この社会を変えていくには、排除や差別を生みださない社会的しくみが必要でしょう。しかしそれは、法制度をはじめとした社会制度を変えればいいというものではありません。

いや、そうした制度が変わるためにも、ありふれた日常での人と人のかかわりが変わっていかなければならないと思います。障がい者に対して、「能力が劣っているせいで厄介な問題を引き起こす面倒な連中だ」、「こんな連中は私の目に入らないところにいてほしい」などという感覚がある限り、社会は変わらない。しかし、障がいがあろうがなかろうが、誰もがかけがえのない存在であって、自分が困ったときには手を差し伸べてもらい、誰かが困っていれば手を差し伸べるということが当たり前に行われるようになることが、社会が変わるということだと思います。

このような意味で、竹内さんの現代社会の理論的批判的研究は、愛さんとの日々の親密なかかわりとしっかりつながったものだと、私は受けとめました。そのかかわりをお聞きできたことは、社会のあり方と日々の私たちの生活がいかにつながっているか、改めて思い直す機会となりました。

同時に、哲学・倫理学研究者としての私自身が考えたり書いたりしてきたものを、日々の加奈とのかかわりと照らし合わせて、吟味する必要を感じます。かつて私は『社会的に弱者化された人々』が自らの生の主体となるためには、その生に『立ち会う』他者、その声に耳を傾けようとする他者を必要とする」と書いたことがあります（「〈いのち〉の承認と連帯の倫理をめぐって」、唯物論研究協会編『唯物論研究年誌第17号』大月書店、2012年）。はたして「秀さん」は、加奈にとってそうした他者となっているだろうか。そうだとしても、では、「秀さん」は耳を傾ける人、加奈は耳を傾けてもらう人なのだろうか。いや、耳を傾ける存在だと思っている「秀さん」もまた、誰かから耳を傾けてもらう存在ではないのか。

というのも、私たちの誰もが「誰かにとっての他者であり、その誰かから見捨てられずに『あなた』と呼ばれることによって、『私』でありえている」はずだからです（同右）。「私」とは、「他者」とは、「かかわり」とは……、こうした哲学的問題を、日々の生活に届く言葉で考え、語りたいと思います。本書は、そんな思いを強くするきっかけともなりました。

このように有意義な機会を与えてくださった、竹内さん、五十嵐さん、また竹内さんのお連れ合いと私の妻、そして何より本書の主役である愛さんと加奈に、心から感謝したいと思います。

藤谷　秀

2013年8月

障がい・いのちをめぐる本や団体などの紹介

＊竹内章郎分

藤谷秀『あなたが「いる」ことの重み：人称の重力空間をめぐって』青木書店、2001年……「あなた」の存在が「私」を支える関係から出発して、この関係が見知らぬ他者にまで広がる人称関係の豊かさや深みを人間関係の応答性を中心に論じ、個人の存在のただ中にある他者性に注目することの重要性を説いた本。

糸賀一雄『福祉の思想』NHKブックス、1968年……重度の障がい児について「この子らに世の光を」ではなく、「この子らを世の光に」と謳い、障がい者福祉の基本について、今なおあらためて考えさせてくれる。

社会福祉法人いぶき福祉会編『障害者福祉がかわる：考えよう！　支援費制度　いぶきが大切にしたいこと』生活思想社、2002年……障害者支援費支給制度導入直前の福祉現場が、どんなことを考えまた何をすべきかで悩んだかを、いぶき福祉会を支える職員、親、支援者、理事会などが率直に語っている。

社会福祉法人いぶき福祉会編『この街で仲間とともに：障害者自立支援法をこえて　いぶきが大切にしたいこと2』生活思想社、2008年……障害者自立支援法の導入という福祉現場にとって厳しい状況にあっても、現場の努力が障がい者の日々の暮らしを支える姿と、そのなかから生まれる制度改革への強い意志が表明されている。

岩波講座『現代の教育　五　共生の教育』岩波書店、1998年……障がいは果たして個性か？という問題を巡る茂木俊彦東京都立大学名誉教授論文や盲聾二重障がい者にして東大教授の自らの体験を踏まえた福島智論文の人生論など、障がい者問題を幅広く考えさせる論稿からなっている。

岩本甦子・岩本昭雄『走り来れよ、吾娘《あこ》よ：夢紡ぐダウン症児は女子大生』かもがわ出版、1998年……ダウン症者で初めて4年生大学に入り、今は英訳の仕事もしている岩本綾さんが、自らがダウン症であることを知った大学生時代に、両親が出した手記。本人の文章も掲載。

西村理佐『ほのさんのいのちを知って：長期脳死の愛娘とのバラ色在宅生活』エンターブレイン、2010年……「脳死」状態の人を一律に個体死などとはできないことを、背も伸び体重も増え、体調も日々変わって、涙を流して大便をきばる等々の「脳死」状態の娘と真摯に生きる母親が明らかにしている。

西川勝『ためらいの看護：臨床日誌から』岩波書店、2007年……看護師として、うつ病や統合失調症や認知症の人たちの介護・世話にあたりながら、大学院で臨床倫理を学ぶ著者が、自らの仕事を省察して、たとえば認知症の高齢者の口元へのスプーンの持っていき方一つにもある深い精神的内容が記されている。

日本ダウン症協会編著『ようこそダウン症の赤ちゃん』三省堂、1999年……数多くのダウン症児とその家族の生き生きとした生活の紹介とともに、当時の母体血清マーカーテストの問題を鋭く問うなどして、前身の「こやぎの会」の中心メンバーがこの会の良さを前面に出してダウン症者の生きやすい社会を目指してまとめた本。

野辺明子・加部一彦・横尾京子編『障害をもつ子を産むということ：19人の体験』中央法規出版、1999年……「先天性四肢障害児の会」を立ち上げ、対行政交渉をはじめ多彩な活動をしてきた野辺明子さんを中心に、障がい児の親となることの苦悩とこの苦悩を超えた生活の喜びとを率直に語った本。

光成沢美『指先で紡ぐ愛：グチもケンカもトキメキも』講談社、2003年……盲聾二重障がい者の夫・福島智との馴れ初めから、結婚生活の日常を描くとともに、指点訳者として夫を支えながらも、真の意

味で対等平等に夫と生きようとしてきた妻の手記。(Kindoi 版あり)

最首悟『生あるものは皆この海に染まり』新曜社、1984年……生物学者として水俣病問題に関わると同時に重度のダウン症児の父でもある筆者が、健康を求めるエコロジー的運動と障がいの受容を旨とする障がい者運動との根源的な共通性はあるかと問いかけた本。

竹内章郎『「弱者」の哲学』大月書店、1993年……障がい概念の新たな把握、障がいの受容と克服との矛盾、能力主義への根底からの批判、人間観の変容などを踏まえて「能力の共同性」を提起して、障がい者という「弱者」の問題が全ての人にかかわる視点を提示しようとしている。

山口研一郎編『操られる生と死：生命の誕生から終焉まで』小学館、1998年……先端医療科学技術による生と死の管理の進行が、たんなる医療技術との付き合いの問題を超えて、人間観や社会観の変容を迫っている政治的動向と一体になっていることを、あくまで「弱者」の立場にたって、「脳死」と臓器移植、出生前診断などの具体例から論じている。

山本おさむ『どんぐりの家』小学館、1993年(まんが)……ある自閉症児が生まれた家庭での葛藤、日常生活の様子から、共同作業所を立ち上げるにいたる過程での人間関係や社会の在り様までを描いている。
●公益財団法人　日本ダウン症協会　http://www.jdss.or.jp/

＊藤谷秀分
竹内章郎『いのちの平等論：現代の優生思想に抗して』岩波書店、2005年……先端医療技術や、「安楽死」論・「死ぬ権利」論・「脳死」論などがはらむ問題点を指摘しながら、「いのちを守る」ということの意味をほりさげ、私たちの能力が私的個人的なものでなく共同的なものであることを論じた本。

上野千鶴子・大沢真理ほか編『ケア　その思想と実践4　家族のケア　家族へのケア』岩波書店、2008年……家族介護をテーマとした論文集。高齢者介護を念頭において書かれた論文が大半だが、障がい者の家族にとってもヒントになる。また本書のなかの、玉井真理子「障害児の母親が職業を捨てないということ」は、障がいをもつわが子とのかかわりもふまえながら、母親の生き方について考察している。

要田洋江『障害者差別の社会学：ジェンダー・家族・国家』岩波書店、1999年……障がい児の母親への聞き取りなどもふまえ、日本的な家族関係から日本的な社会福祉システムまで視野に入れて、障がい者差別を生み出す社会のしくみについて論じた社会学の本。

茂木和美『我が家の光くん』（まんが）日本自閉症協会ホームページ（左記参照）……母親の視点から、自閉症をもつ光くんの日常を描いたまんが。当事者であれば「そうそう」と思わず相槌を打つシーンが多いはず。

●社団法人　日本自閉症協会　http://www.autism.or.jp/

著者紹介

竹内章郎（たけうち・あきろう） 1954年、神戸市生まれ。社会哲学・障害論。岐阜大学地域科学部教授、元社会福祉法人いぶき福祉会理事。著書など：『平等の哲学――新しい福祉思想の扉をひらく』大月書店・2010年、『哲学塾 新自由主義の嘘』岩波書店・2007年、『いのちの平等論――現代の優生思想に抗して』岩波書店・2005年、『平等論哲学への道程』青木書店・2001年ほか。

藤谷 秀（ふじたに・しゅう） 1956年、愛媛県生まれ。倫理学。山梨県立大学人間福祉学部教授。著書など：「〈いのち〉の承認と連帯の倫理をめぐって」『唯物論研究協会研究年誌第17号』大月書店・2012年、共著『介護福祉のための倫理学』弘文堂・2007年、『あなたが「いる」ことの重み――人称の重力空間をめぐって』青木書店・2001年ほか。

哲学する〈父《わたし》〉たちの語らい
ダウン症・自閉症の〈娘《あなた》〉との暮らし

2013年10月25日　第1刷発行

著　者　竹内章郎・藤谷 秀

発行者　五十嵐美那子
発行所　生 活 思 想 社
〒162-0825 東京都新宿区神楽坂2-19　銀鈴会館506号
電話・FAX　03-5261-5931
郵便振替　00180-3-23122
http://homepage3.nifty.com/seikatusiso/

本文デザイン・組版　株式会社アベル社
印刷・製本　新日本印刷株式会社
落丁・乱丁本はお取り替えいたします。

ISBN 978-4-916112-25-5　C0036　Printed in Japan

◉本書のテキストデータを提供いたします

本書をご購入いただいた方のうち、書字へのアクセスが困難な方に本書のテキストデータを提供いたします。ご希望の方は、弊社宛、住所、お名前と200円切手、引換券を同封してお申し込みください（コピー不可)。データはCD-R形式です。

本書内容の点訳・音訳などは視覚障害の方のための利用に限り認めます。その他の利用はご遠慮ください。

キリトリ線

【引換券】

哲学する〈父〉たちの語らい
ダウン症・自閉症の
〈娘〉との暮らし